「忍……好きだ……好きだ」
　切ない声で「好きだ」と繰り返されるにつれて、毒でも回ったみたいに頭が痺れてぼぅっとしてくる。強ばっていた体から力が抜ける。

SHY NOVELS

絶体×絶命

岩本 薫

イラスト 宮城とおこ

CONTENTS

絶体×絶命

1×MASAYA

藤王雅也《ふじおうまさや》は、十七歳にして、人生に退屈しきっていた。

(たりぃ……)

もはや、その言葉を口に出すことさえダルい。

(たるくて死にそう……)

暑くも寒くもない——まったりとした秋の気候がまたいっそうの気怠《けだる》さを誘う。

いつものように午後の授業をさぼった雅也は、『ボード同好会』とプレートの貼られた地下の個室にいた。

『ボード同好会』は、その名のとおり、ボードと付くものならば節操なくなんでもアリの同好会だ。

十畳ほどのコンクリート打ちっ放しの部室には、スノーボード、スケートボード、サーフボードが数枚ずつ、乱雑に床に置かれたり、壁に立てかけられたりしている。

雅也自身、中学からサーフィン、スノボー、スケボーとひととおり体験し、特にサーフィンは一時期真冬でも海に通うほどにハマッていたが、やりすぎたせいか高校に上がると同時に熱が冷め、以来二年以上ボードに触っていない。今は、スノボーを年に数度やる程度だ。

部長の雅也からしてその体《てい》たらくなのだから、部室といっても実質は、仲間うちの溜まり場だった。

雅也が通う青北《せいほく》学園は、幼稚舎から高校まで一貫教育の私立の男子校で、都内の一等地に広大な敷地を擁《よう》する。学園は高校までしかないが、有名私大と強力なコネクションで結ばれており、よほどハメを外さない限り——もしくは高望みをしない限り——は、推薦で希望の学部へ進学できることがあらかじめ決まっている。

その学費は、利便性のいい立地、大学受験免除、最新の設備の恩恵に見合った額となり、それだけの金額を支払える家の子供となれば、当然ながら富裕層の子弟ばかりになる。つまり、金持ち御用達《ごようたし》のお坊ちゃま学校ということだ。

すでに勝敗のついているリーグ戦で、消化試合をただこなすような学園生活も十一年目ともなればダルさもピーク。

高二の秋——部員それぞれが自分の私物を持ち込むせいで、雑然と統一感のない部室に、幼稚舎以来の変わりばえのしないメンバー三人でうだうだしていた時だった。

「女は食い飽きたって言うならさ、じゃあ男はどうよ?」

さぼり仲間のひとりである加藤《かとう》の突然の問いかけに、ソファにだらしなく沈み込み、アームに長い脚を投げ出してバイク雑誌を読んでいた雅也は、形のいい眉をついと寄せた。

「なんだよ男って。キモいこと言うなよ」

雑誌をどけて加藤を睨《にら》む貌《かお》は、元モデルでハーフの母親のDNAを色濃く受け継いでおり、たっぷりとした二重が印象的な薄茶の双眸《そうぼう》、すっきり通った高い鼻筋、やや厚みのある肉感的な唇が、絶妙なバランスでシャープな輪郭《りんかく》の中に配置されている。自然なレイヤーが入った明るい栗色の髪は、だらしなくならない長さで首筋にかかっていた。

身長は百八十三センチだが、頭身が高いので、もっと大きく見えるようだ。高い腰位置と驚異的に長い手脚は生まれつきだが、ほどよく筋肉のついた上半身と引き締まった下半身を維持するために、週二のジム通いは欠かさない。もっとも、ついうっかり鍛えすぎてマッチョにならないよう、充分に気をつけている。筋肉過多で洋服が似合わない体形になるのだけは御免だ。

母親は雅也に人並み以上のルックスを授けてくれたが、一方の父親もまた、水準以上の生活を与えてくれた。外食産業で身を興《おこ》し、現在は都内を中心に複数の飲食店を経営する父親は、仕事では鬼のように厳しいらしいが、ひとり息子の雅也にはめちゃめちゃ甘かった。

自身が母子家庭に育ち、貧しい幼少期を過ごしたためか、子供には金銭で不自由をさせたくないと思っているようだ。

「『入れ食いの藤王』も男は未経験かよ?」

加藤が椅子から立ち上がり、いけ好かないニヤニヤ笑いを浮かべて近づいてきた。父親が代議士で、本人もゆくゆくは父親の地盤を引き継ぐことが決まっている男だ。頭が切れて機転がきき、雅也とは一番仲がいい。過去の悪事はほとんどこの加藤と共謀したと言っても過言じゃなかった。

「たりめーだろ。アナルセックスなら女とだってできるじゃん。何が悲しくて男のケツに突っ込まなきゃなんねーんだよ」

十三歳で六つ年上の女子大生と初体験を済ませてから、女を切らしたことは一度もない。狙った相手は、たとえ芸能人だろうが他人のものだろうが必ず落としてきた雅也にとって、女はもはや積極的に働きかけてまで手に入れたい対象ではなかった。が、女に飽きたからといって代わりに男に手を出すかといえば、それはまた別次元の話だ。

「案外やったらイイらしいぜ。やめらんなくなるってさ」

挑発するような台詞《せりふ》を吐く加藤を、雅也はうろんげに見返した。

やれ『女教師』だの『人妻』だの、加藤が持ちかけてくる暇潰しの賭には今まで大概乗ってきたが、いくらなんでも『体を張って男を落とす』気にはなれない。

「いくらヨクてもそれだけはパス」

思いっきり顔をしかめた雅也の足許《あしもと》から、それまでソファに背中を預け、スマートフォンを弄っていた小池《こいけ》が口を出してきた。

「あ、それ、俺も二丁目で『売り』やってるやつに聞いた。慣れりゃヤるほうもヤられるほうもハンパなくイイってさ」

コンクリートの床に直《じか》に座って片膝を立て、童顔にそぐわないあけすけな物言いでニッと笑う小池の父親は、大型ブティックホテルチェーンのオーナーだ。その金髪の丸顔に、加藤が「なぁ」と話を振る。

「もし学内で落とすとしたら誰がいいと思う？」

「あー、そりゃナイわー。ないない。だってオレら、ハナタレの幼稚舎時代から毎日顔つきあわせてんだぜ？　男うんぬんの前に兄弟同然の相手じゃ勃《た》たねぇって」

「つーか勃ったらヘンタイだろ」

小池のもっともな意見に雅也も同意したが、それでも加藤は引かなかった。

「じゃあ編入組ならどうだ？　つきあいもないから真っ赤な他人だろ？」

「編入組？」

「高校から入ってきたやつらだよ。クソまじめな優等生クンたち」

受験免除の弊害《へいがい》で、すっかり学習意欲の欠けた生徒たちを見限ってか、青北学園は高等部から外部の生徒を受け入れていた。狭き門をくぐり抜けてきた優秀な彼らには、学力レベルを底上げすることと引き替えに、高額な学費の免除というインセンティブが約束されている。

だが、これまで勉強しかしてこなかったような編入生と、十代半ばでおおよその体験を済ませてしまっている学園生え抜きのメンバーとがお互いに馴染《なじ》めるわけもなく、同じ教室で過ごしながらも、両者の間には見えない一線がくっきりと引かれていた。

「あー、やつらね」

いまだ彼らの誰とも口をきいたことがない雅也が小馬鹿にしたように片眉を持ち上げた直後、小池がすっとんきょうな声を出した。

「どーせならさ、いっそあのダサダサ眼鏡《めがね》クンはどうよ？」

「ダサダサ眼鏡クン？」

訝《いぶか》しげに眉をひそめる雅也の傍《かたわ》らで、加藤が「ああ」と合点したようにうなずく。

「朝岡《あさおか》か。……案外いいかもな」

加藤のしたり顔を見上げ、雅也はいよいよ眉間にしわを寄せた。

「おい、朝岡って……あの朝岡？　超イケてない黒縁眼鏡の？」

話したことはないが、名前くらいは知っている。編入生は学年に十人足らずだ。

しかも朝岡は一年から同じクラスで、さらに言えば今どき漫画でも見かけないような野暮ったいフォルムの黒縁眼鏡をかけている。暇さえあれば本を読んでいるガリ勉のチビだ。

「そう、顔に童貞って書いてあるその朝岡だよ。――いいね、お堅くてまじめな優等生を果たしてキングマッサーが『あんあん』よがらせられるか？」

「楽しいじゃん、その企画。オレ乗った！」

「ちょ、待てコラ！」

勝手に盛り上がる加藤と小池を威嚇《いかく》するように、手許の雑誌をバシッと音高く閉じる。雅也はソファから立ち上がった。

「誰がやるって言ったよ。勝手に決めんじゃねえ！」

無茶振りに苛立ち、軽く凄んだ次の瞬間、加藤が放った台詞に肩が揺れる。

「おまえが乗るなら例のビンテージ、賭けるぜ」

「マジで⁉」

例のビンテージとは、一九六十年代製のリーバイス５０１で、今となっては現存するのはその一点のみという超レアものだった。加藤が穿《は》いているのを見て一目惚れし、いくらでも出すから譲ってくれと頼んだにもかかわらず、首を縦に振ってもらえなかった。ネットオークションで型番違いは見つけたが、それじゃあ意味がない。

「……いいのかよ？　おまえいくら積まれてもこれだけは手放さないっつってたじゃん」

いつになく太っ腹な賭の賞品にゴクリと喉を鳴らすと、加藤は意味深な笑みを浮かべた。

「その代わり、首尾よく朝岡を落としたら、初エッチの動画録《と》って寄越せよ」

「うっわ変態！　んなもんどーすんだよ⁉」

ドン引きする小池をスルーして、加藤はしれっと「貢ぎ物」と答える。

「実は親父《おやじ》の派閥《はばつ》の大物政治家が変態ホモジジイでさ。素人《しろうと》もののエロ動画のコレクションしてるんだよね。どうやら現役高校生が出てたりするとマニアの間でニーズ高いらしくて……ま、先のこと考えて恩売っとくのも悪くないかなーなんてね」

「恩を売るっつーよりは、弱みを握りてぇんだろ?」

悪友の計算高さに呆れ、雅也は顔をしかめた。

「『売り』やってるようなやつが金目当てでお初の演技しても偽物ってわかっちゃうらしくってさ。ガチでまっさらの新品じゃないと意味ねーんだと」

「おまえ……親友のエロ動画売る気かよ?」

「いいじゃん、おまえが掘られるわけじゃねーし、一回ケツに突っ込んだだけでビンテージが手に入るんだぜ?」

あっけらかんと言ってのける加藤に便乗した小池も、「そうそう、何事も経験」などといい加減に煽《あお》ってくる。雅也はげんなりとした。

(こいつら)

ようは自分たちが楽しめればいいのだ。

それがどんなに馬鹿馬鹿しく、刹那的《せつなてき》な退屈しのぎであろうとも。

エスカレーター式の男子校という監獄に押し込められて十一年。

じわじわと正気を蝕《むしば》む生ぬるさの中で、大方のモラルは消え失せた。

望むものは、仲間で共有できる束の間の興奮。

そのためなら、編入生のバックバージン喪失くらいなんでもないと思っている——自己中心的で倫理観のずれた幼馴染みたち。

かくいう自分だって同じ穴の狢《むじな》だ。今まで散々おもしろ半分に人の心を弄《もてあそ》んできた。

今更かっこつけたって、その過去が消えるわけじゃない。

この腐りきった日常が変わるわけじゃない……。

加藤ににじり寄られ、雅也は脳裏をかすめた仲間への嫌悪感を振り払った。

「どうする？　乗るか？」

男とのセックスなんて考えたこともない。しかも相手があの朝岡となると、考えただけでいきなり萎えるものがあるが、例のビンテージジーンズが賭の賞品というのには心が動いた。

ここ数年、女に対する興味と同様に物欲も薄れていた。限度額フリーのカードを渡されているから小遣いで困ったことはないし、ブランドものの時計だろうがバイクだろうが、親にねだって買ってもらえなかったものはない。

だが、金で買えないと思うとやおら執着が増すのを感じる。

大げさな言い方をすれば、今この世で唯一欲しいものかもしれなかった。

悪友たちの期待の視線を痛いほどに感じながら、低い声で念を押す。

「その動画、ネットに流出したりしねぇだろうな」

「俺もそこまで悪党じゃないよ。ちゃんとおまえの顔にはモザイクかけるからさ」

その言葉が最後の迷いを追いやった。ふっと息を吐き、「わかったよ」とつぶやく。

「乗った」

「その男気を待ってたぜ」

にんまり笑って雅也の肩を叩いた加藤がすかさず、「期限はいつもどおりひと月でいいか?」と確認してきた。

それにうなずき、雅也は自分を奮い立たせるために不敵な宣言を口にする。

「見てろよ。ひと月で朝岡もビンテージもモノにしてやる」

「頼むぜ。ビッグマウスで終わるなよ」

「マッサー、カッケー!」

囃《はや》し立《た》てる小池を尻目に、雅也は早速、今回のターゲットの顔を思い出そうとした。

けれどどれだけ朝岡に関する記憶を掻き集めても、「眼鏡のチビ」というぼんやりしたイメージしか浮かばなかった。

2 × SHINOBU

朝岡忍《あさおかしのぶ》は、十七歳にして、人生を半ば諦《あきら》めかけていた。

地元の人間が「金持ち学校」と呼ぶ青北《せいほく》学園の設備の充実ぶりは、その学費の高額さと同じくらいに有名だった。

中三の夏、興味本位で青北学園の見学に赴《おもむ》いた忍は、最新の施設の中でも、コンピューターで管理された図書室の圧倒的な蔵書数と、稀覯本《きこうぼん》がぎっしり詰まったその書架に圧倒されてしまった。とりわけ、大好きな自然科学に関するラインナップは半端なくすごい。

息子を私学へ――しかも私立の中でも群を抜いて学費の高い青北へ――通わせる余裕が自分の家にないことはわかっていたけれど、以来、夢のような書架がどうしても頭から離れなかった。

実は青北には、高等部からの編入者に奨学金が適応される制度があることを知ったのは、願書締め切り直前の冬。

あわてて願書を取り寄せ、ダメモトで試験を受けてみて、晴れて合格の通知をもらった時は、天にも昇る心地だった。

これから三年間、あの図書室に毎日通える！

ふわふわと舞い上がった気分が、穴の空いた風船よろしく萎《しぼ》んだのは、入学式当日。これから一年間を共に過ごすクラスメイトたちと顔を合わせた瞬間だった。

同じ制服姿なのに、なぜか洗練された着こなしの彼らは、春休みを過ごした海外の話題で盛り上がっていた。ハワイ島の別荘で家族で過ごした者、上質な雪を求めてカナダのスキー場を渡り歩いた者、中にはドバイで鷹狩《たかが》りをしてきた者までいた。

春夏冬の休みを海外で過ごすのは「当たり前」で、都内の本邸の他に国内と海外にそれぞれ別荘を持つクラスメイトたちと、平凡なサラリーマン家庭に生まれ育った庶民の自分とでは、あまりにも生活環境がかけ離れていた。

それはもう、努力や心構えでどうにかなるような生半可な距離じゃなかった。

「友達？　何おめでたいこと言ってんの？　競争相手の間違いだろ？」

さらには、似たような境遇であるはずの編入生たちにライバル意識を剝き出しにされて、ひとりくらいは友達ができるんじゃないかという希望がいかに甘かったかを思い知らされた。

トップ10入りを課せられている奨学生にとって、自分は蹴り落とすべき競争相手でしかないのだ。

生え抜きの持ち上がり組とも馴染《なじ》めず、編入組とも相容《あいい》れず……。

それからの学園生活は、常に場違いな自分に引け目を感じながらの日々だった。

自分だけが異質で浮いている。

こんな場所に自分みたいな人間がいていいんだろうか？

はじめはそんなことばかり考え、毎朝学校へ行く足取りが重かったが、淡々とした日常を積み重ねていくうちに、強烈だった違和感も少しずつ麻痺して薄れてくる。

幸いなことに、金持ち特有の鷹揚《おうよう》さとでもいうのか、クラスメイトたちは毛色の違う編入生を相手にしない反面、とりたてていじめもしなかった。路傍《ろぼう》の石のごとく、あって無きもののように扱われる。まったく彼らの眼中にない自分の存在に一抹の寂しさを覚えなくもないけれど、おとなしくコツコツ勉強してさえいれば、日々は平穏無事に過ぎていく。

そう覚ってからは、さほど場違いな自分を息苦しく感じることもなくなった。もともと小学校でも中学校でも、引っ込み思案で口べたなせいかあまり友達もできず、ひとりで過ごす日常に慣れていたのだ。

もちろん、胸に閊《つか》えた小さな違和感が完全になくなることはなかったけれど……。

卒業までの一年半――このまま教室の片隅でひっそり息を潜めてやり過ごそうと思っていた忍に、学園一の派手男・藤王雅也《ふじおうまさや》が急接近してきたのは、二学期が始まって少し経った十月上旬のことだった。

「おまえさ、いっつも本読んでるよな」

頭上からいきなり降ってきた声。少し癖のある、どこか甘さを含んだ掠《かす》れ声《ごえ》。

三時限めと四時限めの間の休み時間、自分の席で読んでいたハードカバーを突然上から覗き込まれ、驚いて顔を上げた忍は、視線の先に端整な貌《かお》を認めた。

(ふ、藤王⁉)

藤王――という、その派手な苗字に名前負けしない華やかなルックスと均整の取れた八頭身。ブレザーにネクタイといったお仕着せの制服も、背が高くてスタイルのいい彼が着ると、まるでファッション雑誌から抜け出てきたみたいにおしゃれに見える。

勉強はそこそこだが、スポーツ全般をそつなくこなし、なおかつそのどれにも熱くのめり込まない。敢《あ》えて本気を出さず、持てる力の半分くらいで軽く流している――そんなちょっと斜に構えたところも、少し不良っぽいところもかっこいい。

ダサくて運動神経が鈍く、何をやってもドンくさい自分とは正反対の存在。

やることなすことすべてがスマートでクールな王子様――藤王雅也は、忍のひそかな憧《あこが》れだった。噂じゃ母親が元モデルで、彼自身、英国の血を引くクオーターだとか。

（そ、その藤王が……っ）

男としての理想形が今、目の前にいる。しかも向こうから話しかけてきた！

予想外の事態に頭の中は真っ白パニック状態で、何か言い返さなければと思うのに、喉が詰まって言葉が出てこない。

「あ、……あ」

酸欠の金魚よろしく口をぱくぱくしていると、雅也は形のいい唇の片端をくいっと持ち上げた。

「そんなふうに本ばっか読んでるから目が悪くなっちまうんだよ」

ぴんっと指で眼鏡のレンズを弾かれて、びくっと肩が跳ねる。友達みたいな馴れ馴れしい仕種

に戸惑いを覚えるのと同時に、くすぐったいような感覚が背筋を這い上がってきた。

「何読んでんの？」

明るく訊《き》かれて忍が答えるより早く、雅也がひょいと身を屈《かが》めてハードカバーの表紙を覗き込む。

「『ゴビ砂漠の恐竜たち』……へー、おまえって、そういうの興味あるの？」

「え？」

「だから、恐竜とか」

間近の雅也の顔にぼんやり見惚れていた忍は、その言葉にあわててこくこくと首を縦に振った。

「どこが好きなの？」

「ほ、骨の形が綺麗で、機能的なところ」

「ふーん。どんな内容？」

さらに問いを重ねられて、ぱちぱちと両目を瞬《またた》かせる。

あの藤王とこうして話していること自体に実感が湧かないのに、その上自分が読んでいる本に彼が興味を示すなんて、にわかには信じられなかった。

だが現実に、雅也は自分の言葉を待っている。まっすぐ自分を見下ろしてくる眼差《まなざ》しが眩しくて、うっすら赤面しつつ忍は目を伏せた。ドキドキとうるさい心臓の音を意識しながら、おずおずと口を開く。

「あ……アメリカ自然史博物館が、マイケル・ノヴァチェック博士を隊長に発掘隊を組織して、モンゴルのゴビ砂漠で調査を行なった記録で……」

過度の緊張のせいで声は上擦り、少しでも雅也に興味を持ってもらいたいと願う気持ちとは裏腹に、教科書の棒読みみたいなつまらない説明になってしまった。

(……馬鹿)

尻つぼみに語尾を途切れさせた忍は、情けない気分で上目遣いに雅也をちらっと盗み見る。

もう興味を失っているに違いないと思ったが、予想に反して、雅也はまだ自分を見つめていた。

忍に視線を据《す》えたまま、薄茶色の双眸《そうぼう》をじわりと細めてつぶやく。

「アメリカ自然史博物館って……昔行ったぜ、俺」

「えっ？」

驚きの声をあげ、忍は顔を振り上げた。

「ニューヨークのアッパー・ウエストサイドにあるでかい建物だろ？　そういや恐竜とか見たな。今の今まですっかり忘れてたけど」

「えええっ？」

アメリカ自然史博物館は、忍の憧れの聖地だった。

自然や人間に関する三千四百万を超える標本や模型が保存されており、特に四階の『化石ホール』に展示されている「恐竜」は、世界最大級のコレクションといわれ、ティラノサウルス、トリケラトプス、ステゴサウルスなどの骨格標本が一堂に並ぶ様は圧巻である——らしい。

「ガキの頃って恐竜とか好きじゃん。そんで本物の恐竜見たいって騒いだら親父《おやじ》が夏休みに連れてってくれてさ」

普通子供にそうせがまれたら、まずは上野《うえの》の国立科学博物館だと思うのだが、いきなりニューヨークなあたり、さすがはスケールが違う。ため息が出た。

「……いいなぁ」

相手が雅也であることも一瞬忘れて、心の底から感嘆の声が零れ落ちる。

「確か写真もビデオも撮り放題なんだよね。本当に目の前に、触れるぐらいの位置にティラノサウルスがいるんだよね」

「そうそう。ガラスケースにも入ってなくてやっぱ迫力あったぜ。ってか、そんなに見たけりゃおまえも行けばいいじゃん。夏休みとか使ってさ」

無邪気な提案に、忍はしおしおと項垂《うなだ》れた。

「……無理だよ。そんなお金ないもん」

恨みがましいつぶやきと始業のチャイムが重なり、夢のような時間の終わりに、いよいよ気持ちが沈み込む。

藤王と話せるなんて千載一遇のチャンスだったのに……せっかく少しだけ話が弾んだのに……最後はなんだか盛り下がってしまった。

(根暗なやつって思われた。きっともう二度と話しかけてくれない……)

唇をきゅっと噛み締めて俯《うつむ》いていると、頭上から気さくな声が落ちてきた。

「その時撮ったビデオテープ、探せば出てくると思うけど。よかったら貸すぜ?」

とっさにはその親切な言葉が信じられず、のろのろと顔を上げる。

目の前の雅也は笑っていた。くらくらするほど魅力的な笑顔で。

「い、いいの?」

「おまえ、DVDプレーヤー持ってる?」

「あ、うん。家族のだけど」

「んじゃ、テープが見つかったらDVDにダビングして持ってくる」

なんでもないことのようにそう言い、「じゃあな」というふうに片手を軽く上げて踵《きびす》を返す。

長い脚で教室を横切るそのすらりとした後ろ姿を、忍は惚けたように見送った。

(信じられない)

あの藤王が、自分のためにわざわざ古いビデオテープを探し出して、DVDにダビングして、持ってきてくれる?

夢……じゃないよな?

思わず、自分のほっぺたを指でぎゅっと抓《つね》る。

「痛っ……」

痛かったけれど、その痛みすらどこか甘い気がした。

その日の残りの時間を、体が宙に浮いたようなふわふわとした気分で過ごして——翌日。

興奮を引き摺って一晩まんじりともせず、寝不足の赤い目で登校した忍は、教室に入ったとたんに、待ち構えていたかのように雅也から声をかけられた。

「うーす」

「………っ」

あまりに驚いて心臓が止まりかける。

(藤王から挨拶《あいさつ》!)

舞い上がってみっともなくわたわたしそうになる自分を堪《こら》え、忍も小さく「おはよう」と返した。教師以外の誰かと挨拶を交わすなんて高校に入って初めてで、それだけで朝からテンションが上がり、呼吸が乱れる。

小躍《こおど》りしたい欲求をかろうじて抑えつけて自分の席に着席し、授業の準備をしながら、忍は望外の幸せをそっと噛み締めた。

(昨日のあれは、やっぱり夢じゃなかったんだ)

家に帰り、時間が経つにつれてだんだん確信が持てなくなってきて、自分に都合のいい妄想だったんじゃないかと疑っていたけれど。

でも本当なのだ。嘘みたいだけど現実なのだ!

しかも驚くのはまだ早かった。

四時限めの授業終了後、ふらりと席に近づいてきた雅也に、なんとランチの誘いを受けたのだ。

「メシどうすんの？　俺、学食だけど」

「あ……ぼ、僕も」

気がつくと口が滑ってしまっていた。本当は鞄《かばん》の中に弁当箱が入っていたけれど。

(ごめん、母さん)

早起きして弁当を作ってくれた母親に心の中で手を合わせた忍は、雅也と連れ立って学食へ出向いた。

ここの学食はビュッフェ形式になっており、下手なファミレスよりメニューが充実している。そして相応に値段も高い。だから忍は一度も使ったことがなかった。でも今日は特別だ。雅也に誘われたんだから。

財布の中のささやかな小遣いと相談しつつ、何を食べようか思案する。ボードに書かれたメニューには、「ナシゴレン」とか「ソムタム」とか、名前を見てもどんな食べ物なのかわからないものもあった。

「……えっと」

ビュッフェビギナーの忍が、数あるメニューを前にまごついていると、雅也が手早く皿を取って、トレイに載せてくれる。

「ここのチキンカレー美味いから。あと、マンゴープリンな」

「あ、ありがとう」

テーブル席でふたりで向かい合って食事をする――夢のような時間。

ランチの最中の会話は、恐竜から始まり、雅也がちょっと前にハマッていたネットゲーム、好きなミュージシャン、観《み》たばかりの３Ｄ映画まで、多岐にわたった。ほとんど雅也がひとりでしゃべっていたが、忍は充分楽しかった。ほんの少しでも彼のプライベートを知ったことで、なんだか急激に距離が縮まったような気分になる。

「今日帰りさ、いつものメンツで渋谷《しぶや》寄るんだけど、おまえも行かない？」

放課後の誘いにうなずいた時には、忍は完全に夢の中にいた。

一緒に教室に帰ってお互いの席に戻る間際、雅也が腰のポケットから携帯を引き出して訊いてくる。

「一応おまえのケー番教えといて」

ケー番が何かを考え、その答えが閃《ひらめ》いた直後、忍は気まずい面持ちでぼそぼそとつぶやいた。

「ごめん……持ってないんだ」

「え？」

雅也が不思議そうに聞き返してくる。顔が熱くなるのを感じながら、小声で繰り返した。

「持ってないんだ……携帯」

漸《よう》く意味を解したらしい雅也の目が、大きく見開かれる。まさに化石でも見るような目つき。居たたまれない気分で、驚愕の視線を受け止める。

「その……あんまり……必要性を感じたことなくて」

実際、今この瞬間まで、忍の生活に携帯は無用の長物だった。必要を感じたことも、欲しいと思ったことも一度もない。

でも今は後悔していた。たとえ他の誰からも着信がなかったとしても、この瞬間のためだけに、持っていればよかった。

「あ、ああ……なるほどね」

気を取り直したように相槌《あいづち》を打った雅也が、「ま、いーや」と言った。

「じゃ、家電教えて」

忍が教えた電話番号を携帯に登録すると、雅也は一番後ろの自分の席に向かって歩いていく。その後ろ姿をぼんやり見送ってから、忍は最前列の自分の席に座った。

——おまえも行かない？

先程の雅也の誘いを、甘い飴《あめ》を味わうみたいに脳内でリフレインさせる。

部活に入っていないので、放課後はほぼ毎日まっすぐ家に帰っている。イレギュラーがあったとしても、たまに本屋かレンタルＤＶＤショップに立ち寄るくらいだ。わざわざ電車に乗って渋谷に行くなんて考えたこともなかった。

放課後にクラスメイトと渋谷。

そんな特別なイベント、自分の身には一生起こらないと思っていた。

うわの空で午後の授業を受け、今日に限って進みの遅い時計の針に苛立って——しかし待ちに待った終業のチャイムが鳴った瞬間に、ふと不安になる。

(なんで……?)

教科書を鞄に仕舞う手がぴたりと止まった。

なんで、あの藤王がこんな自分を構うんだろう。

一年、二年と続けて同じクラスになっても一年半近く、話をするどころか一度だって目すら合わなかったのに。

それがなぜ昨日になって突然?

ぽつっと胸に落ちた黒い染《し》みがみるみる大きくなり、ざわざわと心が騒ぐ。

こんなのおかしい。何かが変だと、頭の片隅で警鐘《けいしょう》が鳴っている。

胸騒ぎを覚えた忍は、眉根を寄せて宙を見つめた。

今なら……まだ引き返せる。

(今ならまだ……)

雨雲のように胸に広がった不安と疑惑は、けれど、こちらにまっすぐ近づいてくる雅也の姿を捉《とら》えた刹那《せつな》、すーっと掻き消えた。

「行くぞ。用意できたか?」

「う、うん」

ついてくるのが当然といった表情を見れば、今更行かないなんてとても言えない。

(たぶん気まぐれなんだろうけど……)

こんなチャンス、きっと二度とない。

だったら、神様の気まぐれに有り難く乗っかってしまおう。

まずは地下に下り、『ボード同好会』というプレートが貼られた部室で、他のメンバーと落ち合った。加藤《かとう》と小池《こいけ》。クラスは違うが、雅也同様学内でも目立つ生徒なので、名前は知っていた。

遠目から見ていた時は、ふたりとも独特な雰囲気を持っていて近寄りづらい印象だったが、話してみると案外気さくで、気後《きおく》れしていた忍はほっとした。

「俺、前から朝岡とは一度話してみたかったんだよね。いつも試験のランキングで争っている仲だし。と言っても俺が勝てたためしはないけどさ」

などと学年トップ5常連の加藤に言われれば、やはり悪い気はしない。

「んじゃ、行きますか」

制服とバレないようにブレザーを脱ぎ、ネクタイを外して渋谷へ繰り出す。こんなふうに校則違反をするのも初めてで、若干《じゃっかん》の後ろめたさはあったものの、昂揚のほうがより勝っていた。

まずはハンバーガーショップで腹ごしらえをし、それからセンター街《がい》を流す。CDストアと靴と洋服のショップを覗いてから、小池の希望でゲームセンターへ入った。

ゲームセンターに入るのも初めてだ。ゲームは、囲碁《いご》とかオセロをパソコンで、勉強の息抜きに嗜《たしな》む程度。自分のトロさは誰よりわかっているので、バトル系やアクション系には端から手を出していない。だから、アーケードゲームの慣れない大音響にテンションが上がり、自分でも挙動不審になっているのがわかった。

やってみろよとせっつかれ、一度シューティングゲームにチャレンジしてみたが、案の定一発も当たらずに恥をかいたので、そのあとはずっと雅也の後ろでギャラリーと化していた。

（……かっこいい）

最近はネットゲーム専門でゲームセンターにはほとんど来ないという雅也は、それでもシューティングゲームも格闘ゲームも、どれもすごく上手かった。加藤と小池もそれなりに強いが、なんといっても雅也が一番強い。ギャラリーから感嘆の声が漏れるたび、忍はまるで自分が誉められたみたいに得意な気分になった。

最後に、生まれて初めてみんなと一緒にプリクラを撮り（雅也とツーショットも撮った）、出来上がったシートを大事に鞄に仕舞う。これは大切な記念、一生の宝物だ。

この上なく幸せな気分でゲームセンターを出て、「今日はすごく楽しかった。誘ってくれてありがとう」と頭を下げる。最高の思い出ができた。これで卒業まで何もなくても生きていける。

じゃあ、と手を振ろうとしたら、三人一斉のブーイングが起こった。

「なんだよ？　もう帰るのかよ？」

「空気読めって」

「夜はこれからっしょ」

「で、でも、だって……もう八時だし」

いつもならとっくに夕飯を食べ終わっている時間だ。

「なぁに小学生みたいなこと言ってんの？　まさか門限あるとかぁ？」

小池の問いに首を振る。

「門限はないけど……うちで母親が夕飯作って待ってるから」

消え入りそうな小声で囁《ささや》くと、雅也が不機嫌な顔つきになった。

眉を大仰にひそめて唇をむっと曲げる。そんな子供っぽい表情をしても、このクラスメイトのかっこよさが損なわれることはなかった。

「電話して遅くなるって言えよ」

「そうそう、たまには夜遊びもいいじゃん」

「クラブ行こーぜ、クラブ」

（どうしよう……）

忍の心の揺れを察知したように、雅也が自分の携帯をぐいっと胸に押しつけてきた。

「ママに電話しろよ」

「……っ」

「叱られたら代わってやるから。ほら！」

眼光の強さと強引な物言いに押し負け、慣れない手つきで家に電話をかける。電話口の母親におずおずと、帰宅が遅くなった事情を切りだした。

『お友達と渋谷？　そう、めずらしいわね。いいのよ、夕飯は冷凍すればいいから。気にしないで楽しんでいらっしゃい』

叱られるかと思いきや、母親の声が思いがけず弾んでいることに面食らう。

口に出して言われたことはなかったけれど、ひょっとしたら、女子はおろか同世代の男子からさえ電話の一本もかかってこない息子を、ひそかに心配していたのかもしれない。

「なんだって？」

「……楽しんできなさいって」

「ものわかりのいいママじゃん」

にっと笑う雅也を複雑な気分で見上げる。

「よし、じゃあ移動しようぜ」

センター街を抜け、勝手知ったる足取りの三人の後ろをついて歩くこと十五分ほどで、打って変わって人通りの少ない路地に出た。渋谷にもこんな場所があるんだと驚く。行ってもハンズあたりまでしか足を延ばしたことがないから、ここで置いていかれたら確実に迷子になりそうだ。

やがて先頭の雅也が立ち止まった。

おっかなびっくり三人の後ろから首を伸ばして覗き見ると、お世辞にも綺麗とは言えない雑居ビルの一角に、薄暗いエントランスがぽっかりと口を開けていた。

どうやら看板もろくにないような、そこが目的地だったらしい。地下へと続くコンクリートの階段を、小池と加藤がすたすたと下りていく。雅也もあとに続いた。

三人共に通い慣れた場所のようだが、忍は、自分とは相容れない夜の匂いがするエントランスに気後れを覚え、その場に立《た》ち竦《すく》んだ。

クラスメイトのほとんどが週末などに入り浸っている『クラブ』と呼ばれる場所があるのは知ってる。よく「昨日クラブでオールでさぁ」などと話しているのも小耳に挟む。だがそこは、自分にとっては月の裏側よりも遠い場所で、おそらく一生立ち入ることはないと思っていた。

未知の世界への畏《おそ》れに足を竦ませ、ぐずぐずしていると雅也が戻ってくる。

「何してんだよ？」

少し苛立った声で問われたが、忍は動けなかった。

「早く来いよ」

尻込みする腕を摑まれ、ぐいっと引っ張られる。たたらを踏むようにして階段を下りた。

辿り着いた地下の、なんの表示もない黒いドアを雅也が開く。そこは受付スペースがあるだけの狭い空間だった。顔馴染みらしい受付のスタッフと軽く挨拶を交わした雅也が、もうひとつのドアを開けた。とたんに隙間から音楽が流れ出す。

雅也に強引に引きずり込まれた『クラブ』は、想像していた以上に不思議な空間だった。

とにかく暗くて何も見えない。目が慣れてきて漸く、さほど広くないスペースに、実はたくさんの人間が蠢《うごめ》いていることに気づいた。思い思いのファッションに身を包んだ男女が、耳慣れない不思議な音楽に合わせて、ゆらゆらと体を揺らしている。そうでなければソファや椅子に座り、仲間内で親密そうに話し込んでいた。

（……煙たい）

異空間にぼんやりと佇み、充満する煙草《たばこ》の煙に目をしぱしぱさせる忍の耳に、ふっと息がかかる。

「クラブ、初めてだよな？」

びくっとおののき、くるっと顔を回すと、びっくりするほど近くで雅也が笑っていた。

「今夜が記念すべきクラブデビューってわけか」

「…………」

アップでもまったく遜色がない美貌にぼーっと見惚れていたら、もう一度耳に唇を近づけてきた雅也が、「ちょっと待ってろ。飲み物持ってくるから」と囁いて場を離れる。

（そういえば……小池と加藤は？）

先に入ったはずの、ふたりの姿をきょろきょろと捜している間に、雅也がグラスを両手に持って戻ってきた。

「ほら、こっちがおまえの。甘いやつにしたからな」

手渡されたグラスには、ピンク色の液体が入っている。美味しそうなその色につられ、何げなく口をつけて驚いた。

「……………っ」

舌がピリピリする感覚に、あわてて唇からグラスを離す。

「な……何、これ?」

「おい、まさか酒も呑んだことないとか言わないよな?」

呆れたような声音に頬がじわっと熱くなった。

ただでさえさっき「ママに電話しろ」とからかわれたばかりだ。これ以上雅也にダサいやつと思われたくない一心で、忍はグラスの液体をぐいっと呷《あお》った。

「へー、案外いけるじゃん」

意外そうな声を耳に一気に呑み干す。アルコールで灼《や》けた胃がカッと熱を持ち、その熱がたちまち全身に広がって頭がくらくらしてくる。

「大丈夫かよ?」

大丈夫……じゃない。

立《た》ち眩《くら》みたいに足許《あしもと》もふらふらと覚束《おぼつか》なくなってきて、忍は思わず雅也に寄りかかった。

無意識に雅也のシャツをきゅっと摑み、見かけよりも広くて硬い胸板にもたれる。

「お……お腹《なか》が……熱い」

「粋《いき》がってウオッカベースのカクテル一気呑みすっからだよ、馬鹿」

甘くて昏《くら》い声で囁いた雅也が、肩と腰に腕を回してくる。抱き寄せられ、背中をやさしく撫でられると、不規則な鼓動がさらに乱れた。呼吸がどんどん荒くなる。心臓もバクバクいってる。

「ど、どうしよう……頭がグラグラする」

忍は涙目になって呻《うめ》いた。

（……これが酔ってるってこと？）

「マジで平気かよ？」

顔を覗き込むようにして問われ、心臓がトクンと高鳴る。

涙で滲《にじ》んだ視界に映り込む――長いまつげと色素の薄い瞳。うっとりするほど綺麗な貌が、自分を心配そうに見つめていた。

「なんかいいムードじゃん？」

突然茶化すような声が聞こえてきて、ぴくっと肩が震える。いつの間にかすぐ近くに加藤と小池が立っていた。

酔いに任せた自分の醜態を、ふたりに見られた羞恥《しゅうち》で顔が赤面する。とっさに身を引こうとしたけれど、腰を摑む雅也の手が放してくれなかった。

「……ふ、藤王……放し……」

「いっそキスしちゃえよ」

小池の煽《あお》りにぎょっと目を剝く。

（な、何言って……）

変な冗談はやめて、と言いかけて、忍は途中で固まった。雅也がゆっくりと顔を近づけてきたからだ。間近に迫る吐息にフリーズしていると、熱くてやわらかいものが唇に覆い被さってくる。

（え？……え？……え？）

呆然としている間に、温かい感触は離れた。

雅也が、極限まで見開いた忍の眼鏡の奥の目を覗き込んで、ふっと薄く笑う。

「ひょっとしてファーストキス？」

「………」

衝撃と混乱で頭は真っ白で……何も言えずにただふるふると首を左右に振る。茹《ゆ》で蛸《だこ》のように真っ赤な忍の顔をしばらく見下ろしてから、雅也がじわりと両目を細めた。細めた双眸で黙って忍を見つめたのちに、不意に肩を竦め、小池と加藤に告げる。

「こいつ、酔っぱらったみたいだから、ちょっと送ってくわ」

そのあとの記憶は霞《かすみ》がかかったみたいに曖昧《あいまい》で、いまいちはっきりとしない。

雅也に手を引かれ、ふらつく足取りのまま店を出て、タクシーに乗ったのは覚えている。運転手に自宅の住所を告げ、隣りの雅也に「気分悪いなら寄りかかれよ」と言われ、素直に好意に甘えた。触れた部分から伝わる雅也の体温を感じているうちに意識が遠ざかり……気がつくと自宅の前に着いていた。

酔いのせいばかりじゃなく、昨日からずっとふわふわと浮き足立っていたけれど、生まれ育ったちっぽけな建て売り住宅を見た瞬間、出し抜けに、これは現実なのだと覚る。

夢でも妄想でもない――リアル。

つまり……さっきのキスも……現実。

（キス……したんだ。藤王と）

男同士なのに変だとか、そういった違和感を押し流すほどに、相手が藤王雅也であるインパクトは大きかった。

なんでキスしたのか訊きたいけれど……いや……意味なんかないのはわかっている。きっとただのノリだ。悪ふざけ。ジョーク。

自分で自分の言葉に傷つき、ぎゅっと拳《こぶし》を握り締める。

門の前でぎくしゃくと雅也と向き合った忍は、俯き加減に礼を言った。

「お……送ってくれてありがとう」

「…………」

雅也からリアクションはない。

三十秒ほどもじもじしてから思い切って顔を上げると、まっすぐ自分を見つめる視線と視線がかち合った。

心なしか熱を帯びているような眼差しに戸惑い、ふたたび目を伏せる。

「じゃ……じゃあ……」

口の中でもごもごとつぶやきながら身を返す。門に手をかけて開こうとした時、背後から声がかかった。

「――忍」

姓ではなく名前を呼ばれたことに驚いていると、肩に圧力を感じる。掴まれた肩を強い力で引っ張られ、バランスを崩した体をくるりと回転させられた。

そのまま雅也の胸に引き寄せられ、顎《あご》を掴まれて持ち上げられる。

ゆっくりと重なってくる熱い唇。

しかも今度は触れるだけでは終わらず、ちゅっ、ちゅっと音を立てて唇を啄《ついば》まれた。

ファーストキスから一時間足らずで更新されて、それだけでも頭が白くなりそうな衝撃なのに、さらに唇と唇の間を濡れた舌先でつつかれる。ひくんっと身震いした次の瞬間、ぬるりとした何かが口の中に入り込んできて、忍は飛び上がりかけた。

（し、……舌!?）

忍び込んできた雅也の舌が、口腔内を縦横無尽に動き回る。上顎《うわあご》や歯列を舐めねぶる。

ぬるぬるして気持ち悪いのに体が動かない。びっくりしてフリーズしている間に、肉厚な舌に追い詰められ、舌を搦《から》め捕《と》られてしまった。

「……ん、……ぅんっ」

雅也の腕の中で全身をガチガチに硬直させ、なすがままに舌や口蓋《こうがい》を蹂躙《じゅうりん》されながら、忍の思考回路は完全にショートしていた。

散々に口の中をいいようにされたあと、やっと絡み合った舌を解《ほど》かれ、唇を解放されても、惚けたような顔で雅也を見上げることしかできない。

(なんで？　どうして？　こんなことするの？)

言葉にならない疑問がぐるぐると頭の中を回る。キャパシティを超えた興奮と混乱で、こめかみがカーッと熱を持ち、瞳がじわっと潤む。

こんなことで泣くなんてみっともないと思ったけれど。

「……な…んで？」

堪えきれず、問いかけと一緒に眦《まなじり》からぽろっと涙が零れた。

だけど雅也からその問いに対する答えはなく、代わりに「かわいいよ」と囁かれる。

(か……かわいい？)

思いがけない切り返しにびっくりしていると、綺麗な貌がアップになって額に唇が触れた。

「おやすみ。……また明日な」

片手を上げた雅也が踵を返す。立ち去った長身が暗闇に溶《と》け、その姿が見えなくなってからも、忍は金縛りにあったみたいにその場にしばらく立ち尽くしていた。

3 × MASAYA

賭のリミットは一ヶ月だが、そんなに必要ないと、雅也《まさや》は不遜に思った。

(楽勝)

ちょっとやさしく声をかけたら、場違いな店にひょこひょこついてきて、見ているこっちが恥ずかしいくらいに舞い上がっていた――ダサ眼鏡《めがね》クンこと朝岡《あさおか》忍《しのぶ》。

クソまじめな外見や日頃の優等生ぶりから、もう少しガードが堅いのかと思っていたが、肩透かしなほどちょろい。

加藤《かとう》や小池《こいけ》がおもしろがって囃《はや》し立《た》てるので、軽いノリでキスをしたが、実は二度目のキスに関しては自発的だった。

腕の中で、生まれたての子鹿みたいにふるふると震えていた華奢《きゃしゃ》な体。

クラブで摘み食いした朝岡の唇は、思いがけずしっとりとやわらかくて、それでいて瑞々《みずみず》しい弾力もあり、感触が好みだったのだ。

朝岡は小さくて細いし、野郎特有の汗臭い匂いもしない。

そのせいか、もう一度やわらかい唇に触れたくなり……。

二度目の時、舌を入れたら飛び上がりそうに驚いていた。あまりにウブい反応に笑いそうになり、それを誤魔化すために「かわいいよ」と囁《ささや》いた。

まさかそこで泣くとは思わなかったが。

（今どきベロチューぐらい、中学生でも挨拶《あいさつ》代《が》わりだろーが）

思い出すたびに失笑が漏れる。

念願のビンテージジーンズを手に入れるためとはいえ、野郎相手は気乗りがしなかったが、実際に始めてみると思っていたより楽しい。少なくとも暇潰しにはなる。

何しろ朝岡のリアクションが逐一ベタで、笑えるのだ。

ガキっぽい女は、ああして欲しいこうして欲しいと要求が多く、おまけに嫉妬深くて独占欲が強い。ちょっと他の女と遊びに行っただけでキレて泣く。とにかくウザくて面倒臭い。だから雅也自身、つきあう相手は年上の遊び慣れたタイプが多かった。

だからか、朝岡のリアクションは新鮮で……。

（ま、どーせ同じことをするなら、楽しく落としたほうがストレスないしな）

ものは考えようだ。何も知らないバージンを少しずつ調教して自分色にカスタマイズしていくのも、楽しいかもしれない。

そんなオヤジくさい感慨のもと、あれこれと計画を練《ね》りながら、雅也は翌日も積極的に朝岡に接触した。敢《あ》えて捜さなければ制服の集団の中に埋没してしまう、空気のような存在を教室の隅っこに見つけ、その机に歩み寄る。

「うーす」

朝岡は一瞬びくりと肩を震わせ、おずおずとこちらを見上げた。目が合った瞬間、じわっと頬を赤らめる。

「お、おはよう」

「昨日はあれからどうだった？　具合悪そうだったから、二日酔いとかなってんじゃねぇかって心配してたんだぜ」

やさしい声音で気遣うと、眼鏡の奥から縋《すが》るような眼差《まなざ》しを向けてきた。

昨日のキスの理由が知りたいとその顔には書いてあったが、気づかないふりをする。

(理由なんか一生知らないほうが幸せだぜ？　忍ちゃん)

心の中でひとりごちつつ、にっこり笑いかけた。

「でも元気そうだな。よかった」

「…………」

朝岡も、つられたように気弱な笑みを口許《くちもと》に浮かべる。

ふと、小振りな唇の意外な甘さを思い出した雅也は、邪念を振り払うために髪を掻き上げ、上体を屈《かが》めて朝岡の貧弱な肩に手をかけた。耳許に唇を寄せて、ひそっと吹き込む。

「なぁ、今日の帰りもつきあえよ」

誘いをかけてから、困惑と歓喜が入《い》り交《ま》じったような複雑な表情をじっと見下ろす。

朝岡は少し答えを躊躇《ためら》っていたが、雅也が「いいだろ?」と駄目押しすると、こくりとうなずいた。

その日以来、雅也はどこへ行くにも朝岡を連れ歩いた。放課後は、小池や加藤が一緒の時もあったし、ふたりだけの時もあった。

ビクビクとナイトスポットに足を踏み入れ、つきあいでアルコールを口にしては真っ赤になり、煙草《たばこ》の煙にケホケホ咳き込む。いつも居心地が悪そうで、傍から見ていて楽しんでいるようには見えなかったが、それでも朝岡は絶対に雅也の誘いを断らなかった。

繁華街の人混みの中をもたもたと、置いていかれないよう必死に後ろからついてくる——まるで主人を追う犬のようなひたむきさ。

話しかけたり、構ったりしてやるたびに、いちいち律儀《りちぎ》に赤面する。喜んでいるのが全身からダダ漏れで、今にも見えない尻尾《しっぽ》をぶんぶん振りそうだった。

時折ふと——ほんのたまにだが、そんな朝岡をかわいいと思うこともあった。

4× SHINOBU

相変わらず連れ立って歩くのが苦痛なくらいにダサいし、夜の街に馴染《なじ》む気配は微塵《みじん》もないけれど。

どんなに毛並みの悪い雑種でも、なつけばそれなりにかわいいものなんだと初めて知る。

血統書付きの犬しか飼ったことのない雅也にとって、それは新鮮な感覚だった。

ゲーム、酒、クラブ、カラオケ、ダーツにビリヤード。

朝岡は本当に驚くほど何も知らなかった。インストール前のパソコンみたいにまっさらな朝岡に、手取り足取り教え込むのは、なかなかおもしろい。

見本を示してやる都度、朝岡は心酔しきった眼差しで、雅也をうっとりと見つめてくる。

羨望《せんぼう》の視線が心地よくて、次々と新しい遊びを教えたくなった。

ただ見た目どおりに不器用でトロいので、どんなに教え込んでもいっこうに上達しないのは興ざめだったけれど。

一体なぜ？

どうしてこんなことに？

意味がわからない……。

忍《しのぶ》の混乱は日に日に深まっていくばかりだった。

日中や放課後はそれでも、雅也《まさや》と過ごす時間の楽しさに当惑も影を潜めている。

だが、家に帰って自分の部屋でひとりになると駄目だった。封じ込めていた負の感情がどっと押し寄せてきて……。

机に向かっていても、テキストの内容はひとつも頭に入ってこない。読んだ端から、右から左へと抜けていく。

これだけは自信があった集中力は、もはやゼロ。気がつくと、雅也が頭の中を占拠している。

雅也のことを考え出すと止まらなくなり、ぐるぐるとエンドレスで考えてしまう。

（なんで？　どうして？）

こんな状態はどう考えたっておかしい。

あの藤王《ふじおう》雅也が、まるで親友みたいに毎日自分と行動を共にするなんて絶対に変だ。

どう都合よく解釈しても、自分と一緒に過ごして雅也が楽しいとは思えない。

こっちは一瞬一瞬が新しい体験の連続で、何もかも刺激的でものすごく楽しいけれど、雅也には自分に構ってもメリットとか全然ないはず。

気まぐれがたまたま続いているだけ。今に飽きられて捨てられる可能性は大。

こんなことがいつまでも続くわけがないんだから。

身の程をわきまえなくちゃ駄目だ。

本当は、いつ捨てられるか、飽きられるか、ビクビク怯《おび》えながら毎日を過ごすより、自分から少しずつ身を引いてフェードアウトするほうがダメージが少ないとわかっている。

わかっていても、実際に雅也の顔を見て誘いをかけられればやっぱり嬉しくて、抗えずにふらふらとついていってしまう自分が情けなくも悲しい。

「ほんと……駄目なやつ」

体を前に倒し、机に頬杖をついておのれを詰《なじ》る。

ふぅ……とため息をついた忍は、唇にそっと指先で触れた。

(あの、キスは?)

あれ以来、雅也はそんな素振りを見せないから、理由は訊《き》けないままだけど、あのキスは幻なんかじゃなく、確かに、現実にあったことだ。

たぶんあの時は雅也も酔っていて、だから僕を女の子と間違えてキスを。

間違えただけだ。その証拠に、あれきり何もしてこないし。

頭ではちゃんと納得しているのに、なのに……あの時の熱っぽい唇の感触や、濡れた舌の動きを思い出すと、体がじわりと熱を持つのをどうしても止められない。とりわけ、二度目のディープキスは刺激が強すぎて。

周りに比べて晩熟《おくて》とはいえ、忍にだって人並みの欲望はある。健康な十七歳男子として、欲望が溜まれば定期的に自分で処理もしてきた。でも今まで、自慰の際に身近な誰かをイメージしたりしたことはなかった。

いけない、こんなの駄目だ……意思に反して右手が股間に伸びていく。服の上から触れた股間はすでに熱く、変化していた。

こうなってしまったら一回出してしまわない限り、苦しいだけだ。

仕方なく、部屋着のスエットパンツを太股まで下げて、下着の中から芯を持ったものを取り出す。目を瞑《つぶ》り、添えた右手をゆっくりと上下した。

扱《しご》きながら、うっかり眼裏《まなうら》に雅也の顔を浮かべてしまい、忍はあわてて首を横に振った。

(だ、駄目……だってば。そんなの……駄目。それはしちゃ駄目だ)

友達を手淫のネタにするなんて反則もいいところ。許されない。

けれど、どんなに振り払っても、整った貌《かお》が脳裏から消えない。

甘みを帯びた綺麗な貌が近づいて……吐息が触れ……熱っぽい唇が覆い被さってきて……。

ちゅくっと吸われた感触を思い出した瞬間、ずくりと下腹が疼《うず》く。

「……あ」

ぬるっと指の先にぬめりを感じた。いつもより濡れるのが早い。自分の体が普段の数倍、興奮しているのを感じた。

（だ、め……）

そんなの駄目だと思うほどに体が熱くなり、手の中のものも硬くなっていく。張り詰めた欲望を手のひらで擦ると、滴った先走りが、くちくちと淫らな音を立てる。

止まらない。いけないのに……止められない。

空いているほうの手を口許に持ってきて、唇の隙間に指を滑り込ませる。

口の中を蹂躙《じゅうりん》した雅也の熱い舌、少し乱暴だったその動きをなぞって、指を動かした。指に舌を絡ませると、くちゅっと濡れた音が鼓膜に響き、ぞくぞくと背筋に甘い戦慄が走る。息が乱れ、唇の端から唾液が滴った。

雅也のキスをなぞり、欲望を昂《たかぶ》らせる自分の浅ましさにめまいがしたけれど、ここまできたら、もう止められない。

「……っ……ふっ……うんっ」

喉の奥から声が漏れる。秒速で射精感が募り、自然と右手のピッチが上がった。

「あっ……あぁっ」

びくっと全身をおののかせた直後、張り詰めた欲望が弾け、手のひらが濡れる。

「はぁ……はぁ」

胸を喘《あえ》がせ、椅子の背に体を預け、忍は涙で滲《にじ》んだ両目をぱちぱちと瞬《また》かせた。欲情のうねりが過ぎ去るのと入れ替わりに、どっと後悔の波が押し寄せてくる。

（やって……しまった）

雅也を――友達を汚してしまった。しかも、今までの自慰の中で一番気持ちよかったことが、罪悪感に拍車をかける。

こんなのおかしい。

同じ男の同級生相手にこんなに興奮するなんて、どう考えても異常だ。変だ。

（変態なのかも）

自分でコントロールできないほどの欲望も初めてで、ただひたすら怖かった。

もはや勉強どころじゃなく、ベッドによろよろと近づき、ばったりと倒れ込む。ふとんをひっかぶり、丸まって自分の体を抱き締めた。

「ごめん……藤王……ごめん」

謝罪の言葉を繰り返し、ふとんの中でぶるぶると震え……結局その夜は一睡もできずに朝を迎える。

明けて翌日、罪悪感から、忍は雅也の顔をまともに見られなかった。午前中いっぱい目を逸らし続けたせいか、昼に一緒にランチを摂《と》った際に、「おまえ、今日なんか変だぞ？」と言われた。

「そ、そう？」

「調子悪いのか？　メシも食わないし」

「あ……ちょっとお腹《なか》壊してて」

「ふーん。医務室連れてってやろうか？」

「大丈夫。薬、飲んだし」

雅也の追及を曖昧《あいまい》な表情で誤魔化す。

雅也はもちろん、自分が手淫のネタにされたなんて、思いもしないだろう。もし知られたら軽蔑される。バレたらまず間違いなく「キモッ」って引かれる。二度と口もきいてもらえなくなる。

だから、死んでも覚られちゃいけない。

自分に強く言い聞かせ、どんよりと重い気分で過ごしたその日の午後、忍は廊下でふたり組の下級生に声をかけられた。一年生といっても、ふたりとも忍より頭ひとつ背が高く、体格もいい。髪型も派手な、ちょっと不良っぽい下級生に立ちはだかられ、忍は反射的に後ずさった。

「あんたが朝岡《あさおか》忍？」

威圧的な問いかけに、気圧《けお》される心持ちでこくっとうなずく。ふたりが顔を見合わせた。

「ちょっと話があるんだけど、一緒に来てくんない？」

言うなり、返事も聞かずにそれぞれが腕を掴んでくる。

両側から乱暴に腕を取られ、引き摺られるようにして、非常階段の片隅に連れ込まれた。人気《ひとけ》のない場所に辿り着くと、どんっと突き飛ばされる。

よろめき、体勢を整える間もなく、頭上から罵声が降ってきた。

「おい、チビ。ちょっと藤王さんに目ぇかけてもらってるからって、いい気になるなよ」

「おめーみてーなブサイクがあの人の周りちょろちょろしてっと目障《めざわ》りなんだよ。おまえのせいで藤王さんのイメージが落ちるんだよ！」

彼らは口で罵るだけで、実際に手を出してくることはなかったけれど、忍は終始竦《すく》み上《あ》がって震え続け、一言も言い返せなかった。

後輩にいいように罵倒されて何も言い返せない自分も充分に情けなかったが、それ以上に、彼らの言い分が的《まと》を射《え》ていることが辛《つら》い。

やはり誰が見ても今の状況は「おかしい」のだ。

遊び慣れた生徒が多い学園の中でも、藤王雅也の存在は抜きん出ている。

生来の甘いルックスに加え、そこに立つだけで場が華やぐようなオーラを放ち、髪型や着こなしでも、常にみんなを一歩リードしている。クラスメイトばかりか後輩や時には先輩までが雅也の言動に注目し、こぞって彼の後追いをする。一時、雅也が凝《こ》ったフレームの伊達眼鏡《だてめがね》を授業の時だけかけていた時は、クラスの過半数が真似をしていた。

だが、みんなを引きつける太陽のような明るさの反面、雅也には厭世的《えんせいてき》で投げやりなところがあった。

子供のように無邪気かと思えば、時折、ひどく冷めた目をする。

稚気《ちき》とアンニュイが同居するアンバランスな魅力。

忍が、自分と正反対の存在と知りながらひそかに憧《あこが》れを抱いていたように、雅也を見れば大多数の人間がなんらかの関心を抱く。

それはたぶん選ばれた者だけが生まれつき備え持つカリスマ性で、自分のような凡庸《ぼんよう》な人間がどんなに努力しても、一生持ち得ないものだ。

（やっぱり違いすぎる）

朝岡忍と藤王雅也は違いすぎる。どう考えても不釣り合いだ。

自分の存在が、雅也の足を引っ張るようではいけない。

そうなる前に離れるべきだ。

「雅也のため」という大義名分の裏に、歯止めのきかない自分への畏《おそ》れが潜んでいることに、忍は薄々気がついていた。

本心を言えば、これ以上雅也に深入りするのが怖かった。

はじめは話ができるだけで有頂天《うちょうてん》だったのに、いつの間にか、クラスメイトという繋がりだけじゃ満足できなくなってきている。

友達になって欲しい。

その友達の中でも、特別な存在になりたい。

放課後だけじゃ足りない。できれば休みの日も一緒に過ごしたい……と、欲求はとどまるところを知らずに膨らんでいく。

その上、ついには友達という領域さえ踏み外してしまいそうな自分が怖かった。

（このままじゃ駄目だ）

とにかく、毎日べったり一緒にいるからよくないんだ。いきなり疎遠になるのは自分も辛いから、少しずつ距離を置いて、適正な間合いを摑もう。

そう心に決めると、忍は決死の思いで、その日の雅也の誘いを断った。

「ごめん。今日はちょっと……」

「なんか用でもあるのかよ？」

虚を衝《つ》かれた顔つきの一瞬後、雅也が露骨に不機嫌になる。

「……勉強したいから。本当にごめん……」

上手い口実も考えつかず、ひたすら謝りまくって鞄《かばん》を摑んだ。憮然とした表情の雅也から逃げるように教室を出る。

帰宅途中、最後に見た雅也の顔が眼裏にリフレインして、何度も足が止まった。だけど、今更教室に戻ったところで自分を待っているわけもないと考え直し、とぼとぼと帰路を辿る。

今日ばかりは、携帯を持っていないことが本当に悔やまれた。

「あら？　今日は早かったのね」

ここ最近、放課後の寄り道が日常になっていたせいか、玄関に迎えに出た母親が意外そうな声

5×MASAYA

を出す。胸の奥がずきっと痛んだ。

食欲がなかったので、夕食をほとんど残して風呂を使った。母親のテレビ観賞にもつきあわずに、八時には二階の自室に上がり、ここ数日さぼっていた分を取り戻そうとノートを広げる。

以前と違って書き込みが少なく、全体的にノートが白い。授業にも集中できていない証拠だ。

奨学金で通う以上、最低でもトップ10圏内は必須ノルマだ。今まではクリアしてきたが、こんな状態じゃ次の試験は危ないかもしれない。

そう思いながらもなぜか切迫した危機感は湧いてこなかった。その代わりに頭の中を占めているのは、別れ際の雅也の顔。

驚きと憤《いきどお》りの間に、ほんの一瞬だけ垣間《かいま》見《み》せた表情《かお》。

初めて見たその傷心の表情が、脳裏から離れない。

目を瞑っても、頭を振っても離れない。

「……藤王」

机に俯《うつぶ》せになって、吐息混じりにその名を口にした時、階下で電話のベルが鳴った。

まさか誘いを断るとは思わなかった。

おまけにその理由がふるったことに「勉強したいから」だと？

この俺より、お勉強のほうが大事だってのか？

「……ざけんなチビ！」

そのチビにプライドを踏みにじられた雅也《まさや》は、ひとり殺伐《さつばつ》とした気分で、渋谷《しぶや》の繁華街を徘徊《はいかい》していた。

朝岡《あさおか》に振られたあと、ジムで一時間ほど走り込んだが憂《う》さは晴れず、そののちに繰り出した渋谷でのひとりカラオケも、馴染《なじ》みのショップ店員との会話《しゃべり》も、むしゃくしゃした気分をリセットしてくれなかった。

ナンパしようにも、こういう時に限ってまともな女は通りかからず、携帯で連絡した仲間は全員『用アリ』ときた。高校に入って煙草《たばこ》はやめたので、ひとりだとカフェで時間を潰すのも様にならない。かといって家に帰ってオンラインに逃げるのは、なんとなく「負け」な気がして……。

万策尽きて路肩にしゃがみ込む。

それもこれも、あのバカが断りやがるから。

「……超ムカツク」

女にもしないようなサービス満点で、毎日これでもかとちやほやしてやったのに、一体何様のつもりだ？

おまえごときが袖《そで》にできる男じゃねぇんだぞ、俺は！

そんなふうに粋《いき》がれば粋がるほど虚しさが募ってくる。

「クソがッ」

立ち上がるなり目の前のガードレールを蹴り上げ、雅也は髪を雑に掻き上げた。

朝岡にそんな芸当ができるなんて今まで考えたこともなかったが、現実に起きてしまった今、下手をすれば、明日以降も同じ憂き目に遭う可能性があるのだ。

今日も断られるかもしれないと内心びくびくしながらアプローチをかける自分。

朝岡レベルに振り回される藤王《ふじおう》雅也など、想像しただけで反吐《へど》が出る。

じっくり落とすのも一興と思っていたが、こうなった以上は作戦を変更せざるを得ない。

こんな思いを二度もするくらいなら……。

（いっそ今日ケリをつけてやる）

決めた次の瞬間には携帯を腰ポケットから引き出していた。

九時五分前。どんなお子様にしたってまだ起きているはずだ。

一秒でも早くダウナーな自分と決別するために、急いた指使いで一番新しい登録ナンバーを押して携帯を耳に当てる。５コールで電話が繋がった。

『はい、朝岡です』

母親らしき声が出る。

「こんばんは。忍《しのぶ》くんと同じクラスの藤王と申しますが、忍くんをお願いします」

極力感じのいい声音を作って朝岡を呼び出すと、『ちょっと待ってね』と言われ、保留になった。が、その後いっこうに本人が出てこない。

(おせぇよ。何もたもたしてんだ)

優に五分は待たされてやっと、保留音が解除された。

『も、もしもし?』

蚊の鳴くような声が聞こえてきた時はイライラもピークで、「俺だよ」と低く凄む。

「三十分で迎えに行くから、出かける用意して待ってろ」

告げるなり、返事も聞かずに通話を切った。

タクシーで松濤《しょうとう》の自宅に戻った雅也は、制服を着替え、今度はバイクで家を出た。

一度クラブの帰りに送っていったから、朝岡の家はわかっている。

三十分後——猫の額みたいな敷地にぎゅうぎゅうに建てられた、いかにも建て売り住宅然とした安っぽい戸建てが並ぶ一角にバイクを停《と》めた。向こう三軒両隣り、似たような安普請《やすぶしん》の家が並んでいたので少し迷ったが、どうにか『朝岡』と書かれた表札を見つけてブザーを押す。ほどなくしてインターホンから、『はい、どちらさま?』と、中年女性の声が届いた。

「藤王です。忍くんはいますか？」

『先程電話をくれた方ね。ちょっと待ってね』

ふっと息を吐き、二階の、忍の部屋と思《おぼ》しき窓の灯りを睨《にら》み上《あ》げる。

こんな庶民代表みたいな家の子供のくせに、身の程をわきまえずに青北《せいほく》なんかに通うから、自分たちに目をつけられるのだ。

(だから……遭わなくていい痛い目に遭うハメに……)

胸の奥にちりちりと燻《くすぶ》っていた小さな罪悪感は、しかし、玄関から現れた朝岡を見た瞬間に消えた。

野暮ったいチェック柄のシャツに、中途半端な太さのチノパン。スーパーのワゴンセールでイチキュッパで売ってそうなバッタもんのスニーカー。シャツの裾《すそ》をインにしていないのが、まだしもの救いといった最悪のセンス。

(……ダサ)

制服姿もいい加減ダサいが私服はもっと酷い。おそらくいまだにコーディネイトを母親任せにしているんだろう。

こんなやつに振られ、たとえ数時間でも不快な気分にさせられたのだと思ったら、怒りで腹の底がふつふつと煮《に》え滾《たぎ》ってくる。

「ふ……藤王くん……あの」

雅也の冷ややかな眼差《まなざ》しに戸惑いの表情を見せつつ、朝岡がおどおどと口を開いた。

「今日はもう遅いし……今から出かけるのはちょっと……」

みなまで言わせず、予備のメットを押しつける。反射的に受け取った朝岡に、「いいから乗れよ」と顎《あご》をしゃくった。

「で、でもっ」

とっさに首を横に振った朝岡が、雅也のひと睨みでびくっと首を縮めた。くしゃりと顔を歪め、半泣きの声で訊《き》いてくる。

「怒っ……てる？」

叱られた子供みたいな半べそ顔に哀れみを覚えそうになり、雅也はあわてて眉根をきつく寄せた。

「……怒ってるんだよ、ね？」

その問いには答えず、白く小さな顔を睨《ね》めつけて「乗れよ」と繰り返す。

やがて抗うことを諦《あきら》めたのか、朝岡は命令どおりにのろのろと、バイクの後部座席に跨《また》がった。力尽くで無理強いせずに済んだことに内心でほっとしながら、雅也もバイクに跨り、メットを被ってエンジンをふかす。

「バイク、初めてだろ？」

「……うん」

「吹っ飛ばされないように、しっかり腰に摑まってろよ」

朝岡が躊躇《ためら》いがちに腰に腕を回してくるのを待って発車した。

行き先は渋谷の道玄坂上《どうげんざかうえ》。小池《こいけ》の親父《おやじ》が経営するブティックホテルチェーンのうちの一軒だ。ブティックなどと気取っちゃいるがぶっちゃけラブホ。だが、ラブホにしては内装とインテリアがそこそこ雰囲気がいいのと、小池からいつでも好きな時に使っていいとカードキーのコピーを渡されていたので、雅也も時々利用していた。

ネオンが夜空にピカピカと瞬《またた》くラブホのメッカ――円山町《まるやまちょう》に着き、目的のホテルの地下駐車場でエンジンを切る。メットを取ってふるっと頭を振り、後ろを振り向くと、朝岡は不安そうな面持ちで周囲をきょろきょろ見回していた。

先にバイクから降り、メットを外した朝岡の腕を引っ張る。

「降りろよ」

ぐずぐずしている朝岡を引っ立てるようにして、地下のエレベーターに連れ込んだ。フロントを介さず直接二階へ上がり、カードキーのコピーを使って、首尾よく目当ての部屋に入ることができた。

朝岡を先に部屋に入れ、続いて入室して後ろ手にドアを閉める。

カチッという施錠音で我に返ったように、部屋に入るまでは夢遊病患者みたいな顔つきで諾々《だくだく》と手を引かれていた朝岡が肩を揺らした。

十五畳ほどの部屋の中央に置かれたダブルベッドを怖々と見つめたあとで、ゆっくりと雅也を振り返り、眼鏡《めがね》の奥から怯《おび》えた目でこちらを見る。

その青白い顔は、戸惑いと不安からか、かわいそうなくらいに強ばっていた。

「……藤……王？」

縋《すが》るような視線から故意に顔を背けた雅也は、無言でベッドサイドに歩み寄ると、ナイトテーブルのデジタルムービーカメラ本体に、持参のＳＤカードをセットした。隠しカメラとマイクが設置されているラブホは多い。ここも御多分に漏れず、ベッドでの一部始終をムービー録画できるようになっている。

知ってはいたが、雅也も実際にそのサービスを使うのは初めてだ。自分のテクを改めて検証しなけりゃならないほど下手じゃないし、わざわざ録画して他人に見せる露出趣味もない。

しかし、今回ばかりはこれを避けては通れない。

録画スイッチを入れてしまえば、却《かえ》って肝が据《す》わった。

これでもうあとには引けない。

自分に言い聞かせるように心の中でつぶやき、背後を振り返った。部屋の隅っこに、居心地悪そうに立《た》ち竦《すく》む小柄なターゲットをじっと見据える。

ただでさえ貧弱な体をさらに小さく縮こませた朝岡忍。

冴えないツラ。前髪がウザくてバランスの悪い髪型。野暮ったい黒縁眼鏡。あり得ないくらいダサい格好。

(勃《た》つか？　こいつ相手に？)

切実な焦燥《しょうそう》を覚えた刹那《せつな》、あの夜触れた唇の感触を思い出した。

あれは……案外イケた。

そうだ。目を瞑《つぶ》って感触だけを追えば、なんとかなるかもしれない。

自分を励まし、ターゲットにじりっと近づく。反射的に後ずさった朝岡が、ほどなく背後の壁に退路を絶たれ、「あっ」と小さな悲鳴をあげる。

顔を引きつらせた朝岡の二の腕を摑んで壁から引き剝がした雅也は、そのまま一気にベッドまで引き摺った。

「ふ、藤王……くんっ……手、痛いよっ……離して……！」

抗議の声は無視して、どんっと胸を突いて倒す。仰向けにベッドに倒れた朝岡の上に、すかさず乗り上げた。

「やっ……やめっ……」

伸し掛かるようにして両方の手首を押さえつけたとたん、朝岡が激しく身を捩《よじ》り、拘束から逃れようとする。

「やだっ……嫌だっ」

死にものぐるいで暴れられると、男だけあってそれなりに力が強い。予想外の抵抗に手を焼いた雅也は、その耳許《みみもと》に口を寄せ、女には一撃必殺の台詞《せりふ》を囁《ささや》いた。

「……好きだ」

組み敷いた体がびくっと震えるのがわかる。

果たして男にも効果があるのかと疑いながらも、重ねて熱を込めて吹き込んだ。

「好きなんだ」

まるで魔法にでもかかったかのように、朝岡の体からみるみる力が抜けていく。

その威力に驚きつつ、おとなしくなった朝岡の唇を自分の唇で塞いだ。

「……んんっ」

あえかな抵抗の声も最初だけ。何度か啄《ついば》むように吸い上げると、朝岡の唇がやわらかく蕩《とろ》けていくのがわかる。唇の間に舌を差し入れた一瞬、怯えるように身を硬くしたが、さほど間を置かずに、たどたどしく応《こた》えてきた。

絡ませ合った舌の、瑞々《みずみず》しい弾力を味わい、熱い粘膜を舐めしゃぶり、唾液を啜《すす》る。

「んっ……ふっ……」

甘い口腔内を存分に味わってから、濡れた唇を離した雅也は、ぐったりと力を抜いた朝岡の眼鏡に手をかけて抜き取った。

眼鏡を取ったら超美人——なんてテンプレ展開はやはり漫画の中だけらしい。朝岡の素顔はとりたてて特徴のない平凡なものだった。

（ま、こんなもんだよな）

腹の中で納得し、冷めた気分で自分の衣類を脱いでいく。

上半身裸になり、今度は朝岡の服を脱がしにかかった。宥《なだ》めるように、首筋や鎖骨、胸にキスを落としながら、ベルトを外してチノパンのファスナーを下ろす。小学生でも穿《は》かないようなガキっぽい柄のトランクスが現れた時には笑いそうになったが、なんとかギリギリで堪《こら》えた。

正直、真っ平らな胸は物足りない。小さくても形がよけりゃOKなクチだが、さすがに何もないのは違和感が拭《ぬぐ》えない。が、肌理《きめ》が細かく、体毛も薄いのは助かった。骨が細くてほとんど筋肉もないので、胸以外を愛撫している間は、相手が男であることを忘れていられる。

「……っ……っ」

素肌に触れるたびに、朝岡はいちいちビクビクと反応した。声を出してはいけないと思っているのか、あるいは喘《あえ》ぎ声《ごえ》を出すのが怖いのか、必死に唇を噛み締めて堪えているのがわかる。

女とは飽きるほどやったけれど、男相手のセックスは初めてだ。いつもの手順でいいのか、男にも通用するのか、そもそも自分が最後までちゃんとやれるのか——といったもろもろの惑いや逡巡は、素肌と素肌を合わせているうちに、いつしか頭から消えていた。

意外なことに朝岡の肌は、今までに寝たどの女よりも、雅也の手にしっくり馴染《なじ》んだ。吸いつくみたいにしっとり滑らかで、かといって柔らか過ぎもせず、適度な張りと弾力がある。

そして女と違って脂肪がない分熱かった。自分の愛撫に反応して、体温がどんどん上がっていく様がリアルに伝わってくる。

強ばり、棒のように硬かった体がゆっくりと蕩けていく。薄く開いた唇からも、ついにすすり泣くような喘ぎ声が漏れ始めた。

「あ……ぁ……っ」

朝岡らしく遠慮がちな嬌声《きょうせい》に、雅也はなぜかひどく興奮した。

もっと声が聞きたくて、小さな乳首に唇を寄せて含む。ちゅくっと音を立てて吸うと、細い体がびくんっと跳ねた。

「……ひ、ぁっ」

よほど驚いたのだろう。悲鳴のような声があがる。両目に涙がぶわっと盛り上がり、目許が朱色に染まって、思いがけずかなり色っぽい。煽《あお》られた雅也は、嫌がる体を押さえつけ、舌先で口の中の尖《とが》りを転がした。もう片方の乳首は指で弄《いじ》る。

「やっ……やめっ……放し、て」

涙声の懇願に、背筋がゾクゾクするほど嗜虐心《しぎゃくしん》をそそられた。Sっ気はないはずだったが、もっといじめて泣かせたくなる。

いよいよ熱を入れ、硬く尖らせた舌先でつついたり、ざらっと舐めたり、きゅっと吸ったりしていると、乳首は芯を持って勃ち上がってきた。

（へぇ……こんなにちっせぇのにいっちょまえに感じてんのか）

反応があればおもしろくなり、硬くなった乳首の先端に、かりっと歯を立てる。

「あうっ」

朝岡が白い喉を反り返らせた。

「痛いか？　痛くないだろ？　気持ちいいだろ？」

痛いのか気持ちいいのか、自分でもわかっていないのかもしれない。双眸《そうぼう》に涙を浮かべ、惑乱したように、朝岡は頭を左右に振った。

「い……や……嫌……」

譫言《うわごと》のように「いやいや」を繰り返すが、脚に当たった欲望は硬くなっている。感じている証拠だ。雅也は乳首から放した手を、トランクスの中に差し込んだ。半勃ちのペニスを握ると、朝岡は大きくおののいた。

「…………っ」

反射的に逃げようとする朝岡の抗いを、急所をぎゅっと握り締めることで封じ込める。

「大丈夫だって。気持ちよくするだけだから」

あやすように囁き、扱《しご》き始《はじ》める。朝岡のものがつるんと未成熟なせいか、不思議と嫌悪感は湧かなかった。

「あっ……あっ」

むしろ切れ切れの喘ぎに煽られる。

「ふ……っ……ぁ」

（こいつの感じてる声……妙にエロいな）

お堅い童貞がこんなにエロい声を出すとは、人は見かけによらない。意外にも感度は抜群。

こっちは男のツボは嫌ってほど知り尽くしているから、なおさら追い上げるのは簡単だ。さほどの労もなく、手の中の朝岡はあっけなくテンパッた。

「……藤王……で、出ちゃうっ」

「いいから出せよ」

ぺろっと耳を舐め、掠《かす》れた声で促す。

「だ……め」

朝岡は顔を歪め、泣きそうな声を出した。

「苦しいんだろ？　出しちまえって」

唆すように愛撫を強める。

「んっ、ふぅんっ……も……出ちゃ……あっ……あぁ――っ」

絶え入るような声と同時にぶるっと震えた朝岡が、雅也の手を濡らした。

「はぁ……はぁ……」

快感に呆然としたようなどこか幼い表情で、白い胸を上下させるその姿を不覚にもかわいいと思ってしまい、あわてて頭を振る。

(馬鹿。ほだされてる場合かって)

これからが本番だろ?

気を引き締めた雅也は、ナイトテーブルの上の潤滑剤のチューブを摑み、中身をたっぷりと指に取った。

まだ絶頂の余韻にぐったりしている朝岡の脚を大きく開き、尻の間のあわいに指を這わせる。きゅっと口を閉じたそこに、潤滑剤を塗りつけた。

「なっ……何っ」

動揺した声を無視して指を中まで押し入れ、女と違って自然に濡れることがない器官に塗り込む。

「やっ……やだっ」

嫌がる朝岡のペニスを片手で弄って宥めつつ、指をぬぷぬぷと出し入れした。

(確か……このあたり)

指先でポイントを探っていると、朝岡が「あっ、あっ」と濡れた声を出し、腰を揺らし始める。欲望もふたたび力を取り戻してきた。その顔には、「なんで?」と言いたげな戸惑いが浮かんでいる。なんでそんなところで感じてしまうのか、理解できていない表情。

だがここは、女でもこのあたりを指で刺激しながら挿《い》れると気絶するほど感じる、強烈な性感帯だ。まともな性体験のない朝岡が、ひとたまりもないのも当然だった。

「んっ……あっ……あ……んっ」

無意識に零れてしまっているようなエロいよがり声を耳に、雅也自身、下腹部が熱くなるのを感じた。あっという間に漲《みなぎ》り、天を仰いだ欲望を見下ろし、乾いた笑いが漏れる。

(萎えるどころか……やる気満々じゃんかよ、俺)

臨戦準備万端なそれを、膝を折り曲げ、開脚させた朝岡の後孔《こうこう》に宛《あて》がった。その段で、そうだゴム……と気がついたが、すぐに必要ないと思い直す。たとえ中出ししてもこいつが妊娠する可能性はゼロだ。安心して生でやれる。そこだけは男がいいなと思った。

先端を入り口に呑み込ませると、くちゅっと濡れた音がする。

ひさびさに覚える興奮にごくりと喉を鳴らしてから、体重をかけてぐっと一気に押し入った。

「………ッ」

それまでは半ば陶然と甘ったるく喘いでいた朝岡が一転、「ひ……いぃっ」と断末魔のような悲鳴をあげる。

全身を強ばらせた朝岡にものすごい力で締めつけられ、雅也自身も「いてぇっ」と叫んだ。

「千切れる！　馬鹿、力抜けって！」

「痛い！……痛いぃーっ」

「だから力んでっから痛いんだよっ」

何度「力を抜け」と命じても、半狂乱の朝岡の耳には届かないようで、闇雲に暴れ続ける。コ

ントロールが利《き》かない相手に、雅也はチッと舌を打った。

こんな時はあの呪文だ。

「……忍」

泣きわめく朝岡の耳に口を寄せて囁く。

「好きだよ、忍」

朝岡が、泣き腫《な》《は》れた目蓋《まぶた》をうっすら持ち上げた。

「好きだから……忍が欲しい」

焦点の合わないうつろな双眸を見つめ、甘く言い募る。

「忍とひとつになりたい……忍……忍……」

まさに呪文よろしく名前を繰り返し呼ぶと、締めつけがわずかばかり緩む。

ほっと息を吐き、雅也は涙で汚れた朝岡の頬にくちづけた。唇を押しつけたまま、ゆっくりと腰を動かす。狭い肉をじりじりと割って、ほどなく最奥《さいおう》に辿り着いた。

「……痛い」

顔を歪めた朝岡の、苦しそうな訴えをキスで塞ぐ。

「忍、かわいいよ」

「う……うぅ……」

「……かわいい……忍」

慎重な抜き差しに、それでも朝岡は泣き声をあげた。すっかり萎えてしまった前を弄《いじ》ってやっても、悲しげなすすり泣きは止まらない。

しばらくは辛《つら》そうな呻《うめ》き声《ごえ》が気にかかっていたが、次第に有耶無耶《うやむや》になった。

それよりも、朝岡の中が灼《や》けるみたいに熱くて、抽挿《ちゅうそう》のたびに快感が深くなって……。

(……すげえ)

こんなにすごい締めつけは初めてだ。

いい。すっげーいいい。めっちゃ気持ちいい！

いつしか我を忘れ、無我夢中で、どれほどその熱い体を貪っていたのだろう。

気がつくと朝岡の泣き声は途絶えていた。

意識を手放し、もはやガクガクと揺さぶられるだけの朝岡をきつく抱き締めて、その身の奥深くに雅也は欲望を解き放った。

×　×　×

すっ裸でダブルベッドの上に胡座《あぐら》を搔き、しばし放心したのちに、雅也はぐったりと死んだようにに目を閉じている傍《かたわ》らのクラスメイトを見下ろした。

(……マジかよ？)

視線の先の朝岡の顔は紙のように白く、その頬にはまだ涙の痕が残っている。

痛々しいその姿から逃《のが》れるように目を逸らした刹那、シーツについた血の染《し》みに気がつく。

処女喪失――という単語が頭に浮かび、雅也は顔をしかめた。

「……シャレになんねぇって」

実は男もイケた自分がショックだった。いや、イケたどころか明らかに女とやるより興奮していた。アナルセックスはおろか、まともなキスもろくに知らない童貞相手にらしくもなく熱くなって……中出しした挙げ句に気絶させちまうなんて。

(まさか……俺、ホモだったのか?)

浮かんだ疑惑は、すぐに否定した。

もしそうならとっくに目覚めているはずだ。クラブで朝岡なんかより数倍綺麗な男にコナをかけられた経験が何度もある。だがその時は、嫌悪感を抱きこそすれ、毛筋ほども心を動かされなかった。

(なのに、朝岡相手にはその気になった?)

違う。今回はビンテージジーンズがかかっていたからだ。

そうでなけりゃ誰が野郎なんか相手にするかって。

「…………ん」

朝岡が身じろぐ気配にはっと顔を上げた雅也は、もやもやとした気分を振り払うように身を起こした。

ベッドを下りてナイトテーブルに歩み寄り、デジタルムービーカメラ本体からSDカードを取り出す。それを床に脱ぎ捨ててあったカーゴパンツのポケットに突っ込んだ。

途中からはすっかり、ビデオの存在も忘れていたが。

(ともかくこれで、あのビンテージは俺のものだ)

賭は終わった。

もう明日からは、朝岡相手にくだらない芝居を打たなくていいのだ。

やや強引に自分の中でケリをつけ、雅也はシャワールームへ向かった。

6 × SHINOBU

雅也《まさや》の怒濤《どとう》の勢いに押し流されるように、ホテルでエッチしてしまった。

死ぬほど痛かったけど、ああすることで雅也が満足してくれるならば我慢できると忍《しのぶ》は思った。

いまだジクジクと疼《うず》くような腰の痛みも、苦にはならない。

——好きだ。

耳許《みみもと》で囁《ささや》かれた瞬間、すべての迷いが掻《か》き消えた。

言われてはっきり気がついた。

自分も雅也が好きだ。

たぶん、教室で初めて見た雅也に彼にしか持ち得ない特別なオーラを感じた時から——その気《け》怠《だる》げな美貌から目が離せなかった時から、ずっと好きだった。

好きだから……した。

友達と寝るなんておかしいとか、男同士だからいけないとか、そんな世間一般の通念は、自分たちがお互いを欲しいと想《おも》う気持ちの前には、取るに足りない小さなことだと思った。

つきあってるなら、恋人同士なら、抱き合うのは当たり前だ。

ホテルを出たあと、バイクを置いてタクシーで家まで送ってくれた雅也は少しそっけない感じだったけど、照れくさいのはお互い様で、だから忍はさほど気にしなかった。

それよりも、彼がくれた「思いがけない幸せ」を噛み締めることに夢中だったのだ。

生まれて初めて他人からもらった「好き」。

あの藤王《ふじおう》と両思いなんて夢みたいだけど……でも、都合のいい夢なんかじゃない。

だってその証拠に雅也は自分と寝た。「好きだから……忍が欲しい」と言ってくれた。「ひとつになりたい」と熱っぽく囁いてくれた。

自分を欲しがってくれた。

生まれて初めて誰かの「特別」になれた。

——……好きだ。

——好きなんだ。

熱に浮かされたみたいに、何度も何度も舌の上で雅也の囁きを転がす。

こんなに幸せでいいんだろうか。

つい半日前までは、身を引かなくちゃと思い詰めていたのに……。

それが一転してこんな展開、なんだか信じられない。

明日突然巨大隕石《いんせき》が落っこちてきて地球が滅びてしまうんじゃないだろうか。

そんな子供じみた妄想に囚われ、不安と興奮でその夜は一睡もできなかった。

翌日も、ふわふわとした夢見心地で授業を受け、五分置きに時計をチェックして、針の進みの遅さに絶望しかけた頃、やっと待ち遠しかった放課後がやってくる。

(今日は、どこに行くのかな?)

もし、またホテルに誘われたらどうしよう?

さすがに今日はまだきつい。でも雅也がどうしてもって言うなら……。

そんなことを考え、じわっと顔を赤らめながら、雅也からの誘いを待ったが。

「………え?」

終業のベルが鳴るやいなや、自分には一瞥《いちべつ》もくれずに教室を出ていく雅也の後ろ姿を、忍は呆然と見送った。

空中遊泳の魔法が解《と》け、いきなり泥沼に腰までつかった気分で、「藤王……?」とひとりごちる。

おかしい。何かがおかしい。

嫌な予感に背筋がすーっと冷たくなり、胃がきゅっと縮こまった。

思えば雅也は朝から様子が少し変だった。「おはよう」の挨拶《あいさつ》もなかったし、一日なんとなく自分と目を合わせない感じだった。

ランチに誘われなかった時点で、ちょっと変だとは思ったけれど、それよりも数倍強い歓喜が、懸念を押しやってしまった。

目を合わせないのも、エッチしたばかりで気恥ずかしいからだと思っていたのに……。

昨日の今日で恋人の心変わりの原因が掴めず、忍は席を立つこともできずに固まったまま、雅也が教室に戻ってくるのを待った。けれど、いつまで経っても待ち人は姿を見せなかった。

時間が経つにつれてどんどん不安が大きくなっていく。

だが、連絡しようにも、雅也の携帯のナンバーを知らない。ずっと向こうから誘ってくれていたから、ナンバーを聞いていなかった。

暗くなった教室にぽつねんと居残っているのを教師に見咎《みとが》められ、「用がないなら早く帰りなさい」と促されて、とぼとぼと帰路を辿る。

「御飯は?」

「……いらない」

夕飯も食べずに二階に上がり、電話の子機とひたすら睨《にら》み合《あ》った。家族が寝静まってからはベッドの中に子機を持ち込み、ひと晩中眠らずに雅也からの連絡を待っていたが、結局朝までベルは鳴らなかった。

眩しい朝日の中、徹夜明けの妙にクリアな頭で自分に言い聞かせる。

きっと何か急用があったんだ。それか、ちょっと機嫌が悪いだけ。そうに決まっている。

今日学校へ行けば、前みたいに話しかけてきてくれる。きっと……。

一縷《いちる》の希望に縋《すが》るように登校したが、その望みはあえなく散った。始業のチャイムが鳴っても、雅也は教室に姿を現さなかったのだ。

昼近く、大幅に遅刻してきた雅也は、四時限めの終業チャイムが鳴るやいなや教室を出て、午後は教室に戻ってこなかった。

次の日、そして翌日と、雅也と話す機会を得られないままにさらに二日が過ぎた。話すチャンスどころか、目も合わせてもらえない。拒絶オーラがすごくて側にも近寄れない。

もはや疑いようはなかった。真実から目を逸らし続けるのも限界だ。

避けられ始めて四日目の夜、忍はついに、辛《つら》い現実を認めるに至った。

理由はわからないけれど、雅也は自分を故意に無視している。

でも、なぜ？

雅也がおかしくなった日から遡《さかのぼ》って、頭の中の記憶を全部ひっくり返したけど、思い当たる節はない。必死に考えたけど理由がわからない。ただただもどかしく、疑問ばかりが膨らんでいく。

どうして？　どうして？

（――待って！）

その日も授業が終わるなりさっさと教室を出ていこうとする雅也を、我慢できずに忍は追いかけた。廊下に出て少し行ったところで呼び止める。

「ふ……藤王くん！」

決死の呼びかけに、雅也が足を止めた。背を向けたまま、ちらりと横目で忍を見やる。冷ややかな視線が突き刺さった。「好きだ」と囁いてきた雅也と同一人物とは思えないくらいに、その美貌を冷たく感じる。

「あ、あの……」

取りつく島もない雅也の態度に身が竦《すく》んで、言葉が継げなくなってしまう。

「何？」

抑揚の欠けた声。まるで、こっそり見つめることしかできなかった昔に戻ったみたいに、雅也を遠く感じた。手を伸ばせば届く距離にいるのに、すごく……遠い。

「………」

唇をわななかせ、じっと目の前の横顔を見つめていると、雅也がうっすら眉をひそめた。

「話ないなら……俺、もう帰るから」

低い声を落として歩き出す。

それきり一顧だにせず、足早に立ち去っていく長身を、忍は唇を噛み締めて見送った。

「どう……して？」

自分が何か怒らせるような真似をしたのだろうか。無意識のうちに機嫌を損ねるようなことを言ったのだろうか。

なんで？　どうして？

答えの出ない疑問がぐるぐるぐるぐる頭の中を渦巻いて、どうにかなりそうだった。

苦しい。せめて突然態度が変わった理由を訊《き》きたい。

自分が悪かったならいくらでも謝る。気に入らないところはがんばって直すから……だからお願い。

（……こっちを見て。一分でいいから、ちゃんと僕を見てよ。お願いだから）

だけど、その願いは叶わなかった。同じ教室にいるのに、目の端にも入れてもらえない。

振り向いてくれない相手を、忍はひたすら目で追い続けた。

二十四時間、雅也のことばかり考えていて、勉強はまったく手につかない。食欲も出ない。夜もずっと眠れない。母親には顔色の悪さを心配され、実際、力が入らずに体がふらふらした。

それでも、学校へ行くことはやめられない。もしかしたら、今日こそは雅也が振り向いてくれるかもしれない。その可能性に縋ることをやめられない。

必ず、期待は裏切られるのに。

(このままだと……本当におかしくなる)

心身共に追い詰められた忍が、ついに雅也たちの溜まり場である『ボード同好会』の部室に出向いたのは、ホテルでのセックスから六日が過ぎた日の昼休みだった。

一度だけ入ったことがあるドアの前で立ち竦む。教室からこっそりあとをつけてきたので、雅也が中にいることはわかっていた。

雅也がきちんと閉めなかったのか、ドアが数センチ開いている。その隙間に手をかけて少し力を入れればドアが開く。なのに、たったそれだけのことがどうしてもできない。

ここまで来て、今更の気後《きおく》れに立ち尽くしていると、薄く開いたドアの隙間から、聞き覚えのある声が漏れ聞こえてきた。

「にしても早かったよなぁ。もうちょっと粘ってくんないと賭になんないって」

小池《こいけ》だ――と認めた次の瞬間、今度は加藤《かとう》の声が聞こえてくる。

「眼鏡《めがね》クン、予想外にユルいんだもんな」

「まー、お年頃だからぁ。マッサー、エッチ上手いしぃ」

そこでゲラゲラと笑いが起こった。

「おい、今更ナシとか言うなよ。カラダ張って勝ち取った賞品なんだからな」

少しクセのある雅也の声に、ぴくりと肩を揺らす。

(賞品?)

って何? 賭って……?

「ちゃんとSDカードと引き替えに渡すって。ってかおまえこそ早く動画のデータ寄越せよ。今度今度ってちっとも持ってこねぇじゃん」

「……あー……明日持ってくる」

「ほんとだな? しっかしなぁ、いくらビンテージのためとはいっても、おまえよくあの朝岡《あさおか》と寝たよな」

「けしかけたおまえがそれ言うか?」

ビンテージ? SDカードと引き替え? 動画のデータ?

今聞いたばかりの会話の断片を、痺れた脳で反芻《はんすう》しているうちに、不意に脳裏に閃《ひらめ》きが走った。

今まで空白だったスペースがパタパタと音を立てて埋まり始める。

それまで話したこともなかったのに、ある日突然に雅也が自分に近づいてきた理由。

唐突に感じられた告白のワケ。

強引なセックス。

セックスしたとたんに冷たくなった理由。

知りたくなかった……できれば一生向き合いたくなかった真実。

「う……そ……だ」

氷の棒を突っ込まれたみたいに背中がひやっと冷たくなり、唇のわななきが瞬《またた》く間《ま》に全身に広がっていく。膝がガクガクして、ちょっとでも気を抜いたらこの場にしゃがみ込みそうだった。

蒼白な顔でぶるぶる震えていると、目の前のドアが勢いよく開いた。部室から出てきた雅也が、棒立ちの忍に驚き、ぎくっと体を揺らす。

「……おまえ……」

言葉を失ったように絶句して、両目を見開いた。

「おい、雅也、何突っ立ってんだよ？　邪魔……」

雅也の肩越しに顔を覗かせた加藤も、忍を認めた刹那《せつな》、息を呑む。けれどすぐに気を取り直したかのように、ヒューと口笛を鳴らした。

「ハニーのお迎え？」

「うるせえ！」

加藤の揶揄《やゆ》を一喝した雅也が、ふたたび忍に視線を戻す。ひさしぶりに自分をまっすぐ見下ろす薄茶色の双眸《そうぼう》に最後の救いを求めて、忍は彼のジャケットの裾《すそ》を夢中で摑んだ。

「かっ、賭なんて」

声が上擦る。

「………嘘、だよね？」

取り繕るような問いかけに、雅也がバツの悪そうな表情を浮かべた。少しの間、気まずそうな面持ちで忍を見下ろしていたが、やがてふっと息を吐く。

「やっぱ聞こえちまったか。……バレちゃしょーがねぇな」

自嘲気味に唇の片端を持ち上げた。

「ま、ちょっとした遊びっつーか……ノリっつーかさ」

「………っ」

「んな恨めしそうな顔で見るなって。おまえだって、いろいろ『お初』体験できて楽しかったろ？」

開き直ったような台詞《せりふ》を耳にした瞬間、目の前がすーっと暗くなる。

「………」

雅也のジャケットの裾を握っていた指が、力なくだらんと離れた。よろよろと後ずさり、壁に背中がぶつかった段で、よろめきつつ体の方向を変える。忍は夢遊病のようにふらふらと廊下を歩き出した。

「あっ、おい！　朝岡！」

雅也の呼びかけには振り返らず、今にも頽《くずお》れそうな膝に渾身《こんしん》の力を込める。とにかく今は、少しでも前へ進むことしか頭になかった。

一秒でも早く、一センチでも遠く、雅也から離れたい。

彼の視界から、惨《みじ》めな自分を隠してしまいたかった。

不確かな足取りながらも走って、途中で脚がもつれても、転びかけても走り続けて——。

階段を上がり、地上に出て、敷地の最北端までノンストップで駆け抜け、フェンスに突き当たって漸《ようや》く脚を止める。

ここまで来れば誰もいない。そう思ったとたん張り詰めていたものがふつりと切れ、忍は、用具を仕舞う倉庫の冷たい石段に崩れ落ちるみたいにへたり込んだ。

心臓が、今にも破裂しそうなくらいバクバク言っている。

「……はぁっ……はぁっ」

眼鏡を剝ぎ取り、脚の間に顔を埋《うず》めた。息を整える間もなく、胸が急激に苦しくなる。

苦しい……苦しい！

胸の中いっぱいに綿を押し込められたみたいに苦しくて、息ができない。吐き出したいのに、喉が詰まって開かない。声が出ないから余計に苦しかった。

苦し紛れに喉を掻きむしり、わななく唇を無理矢理に開き、指を中に突っ込む。

「おえっ……」

喉の奥から嘔吐《えず》くような声が出た。それと同時に、悲しみの感情が堰《せき》を切って押し寄せてきて

――荒れ狂う時化《しけ》の海の小舟のように、抗う術もなく呑み込まれる。

「う、ぅっ……あっ……あ……うっ……う」

ここ数日、眠れないほどに悩み、苦しみながらも不思議と涙は出なかった。泣き出したらきっと止まらないから、抑制が働いていたのかもしれない。その反動だろうか。一度溢れ出してしまうともはや、二度と抑えがきかなかった。

「あ……あ……うぅ……っ」

嗚咽《おえつ》に喉を震わせ、膝をきつく抱える。

ここまでの深い悲しみ、そして絶望に支配されたのは、生まれて初めてのことだった。

(藤王……っ)

やさしい言葉も、自分だけに向けられた微笑みも、甘いキスも、「好きだ」という囁きも全部嘘だった。すべてが賭のために仕掛けられた罠。その罠に自分はまんまと嵌《はま》り、あっけなく雅也の手に落ちた。

求められるがままにホテルで抱かれた――そのセックスの一部始終を雅也は録画していたのだ。

賭の賞品と引き替えに、加藤に渡すために。

(酷い……酷いよ!)

どうしてそんな酷いことができるんだよ?

どうして!?

――好きだから……忍が欲しい。

あれは、たった六日前の出来事なのに。

まだ体の中に、雅也の「熱」が残っているようなのに……。

「欲しい」と囁き、縋るように抱き締めてきた腕の強さ。

欲情に濡れた双眸。唇の熱さ。汗の匂い。熱っぽい吐息。

この期《ご》に及んでそんなことばかり思い出す自分が憎くて、頭を掻きむしる。

馬鹿だ。馬鹿だ。自分は……！

騙《だま》された事実より、踏みにじられた心より、これで永遠に雅也を失ってしまったことのほうが悲しいなんて！

こんなに酷い仕打ちをされて……それでもまだ未練がましく雅也を想《おも》う自分が何より悲しくて、惨めで、忍は泣いた。幼児のように声をあげて泣きじゃくった。

「ひっ……っ……ひっ……く」

どれくらい、身も世もなく泣きじゃくっていたのか。

体中の水分を出しきり、体力も使い果たした頃、ふっと人の気配を感じた。

その気配にのろのろと顔を上げる。眼鏡がないせいで周囲の気色はぼやけていたが、前方に長身の男が立っているのはわかった。

「……………」

男の視線を感じ、生徒にしては風格がある立ち姿をぼんやり見上げる。男はチャコールグレイの三揃えのスーツを着ていた。革の紐靴《ひもぐつ》は眩しいほどにぴかぴかに磨き上げられている。

(……教師?)

その可能性に思い当たり、ゆっくりと瞠目《どうもく》する。少しの間、男をぼぅっと見返していたが、やがてじわじわと、泣きじゃくる自分を他人に見られたことに対する羞恥《しゅうち》が込み上げてきた。

「あ……す、すみませ……っ」

腰を浮かせ、涙でベトベトの目許を手で擦ろうとして、近づいてきた男に「よしなさい」と制される。

「擦るとますます腫《は》れてしまう」

距離が縮まったので、ぼやけていた焦点が合った。

グレイがかった不思議な色の瞳。鼻筋の通った鼻梁《びりょう》と薄い唇。近距離で見る男の貴族的な面立ちは、そつなく整い過ぎていて、少し冷たい感じがした。

(この人……見覚えがある)

まだ小さくしゃくりあげながら、忍は朧《おぼろげ》気な記憶を探った。

そうだ……確か中等部の……美術教師だ。

記憶と目の前の顔が合致した時、淡々とした低音が落ちてくる。

「部屋の窓からちょうどここが見えるんだ。思春期のメランコリーに水を差すのは野暮だと思ったんだが、あまりに長く泣いているので、脱水症状で倒れるんじゃないかと心配になってね」

「………」

言葉ほどは、その表情は心配そうに見えない。真意が掴めずに黙っていると、男が「少し水分を補給したほうがいい」と言った。

「よければ、私の部屋で熱い紅茶でも飲まないか？」

7 MASAYA

朝岡《あさおか》にバレた。

――かっ、賭なんて………嘘、だよね？

上擦った声。

衝撃も露《あらわ》に、唇をわななかせていた青白い顔が脳裏から離れず、雅也《まさや》は午後の授業を鬱々《うつうつ》とした気分で過ごした。

朝岡は結局あのまま教室に戻ってこなかった。

無遅刻無欠席が信条の優等生クン、初のさぼり。

(やっぱショックだったんだろうな)

賭が終わった以上はいつまでも恋人ごっこでもない。どうせいつかは片をつけなきゃならなかったんだ。却《かえ》って手間がはぶけてよかった。

(……けどな)

もう少し上手くタイミングを見計らうつもりだったのに。

ちょっとずつ距離を置いて、徐々に諦《あきら》めさせるように仕向けていって……。

自分を恨んだとして朝岡に何ができるとも思えなかったが、やっぱり後味が悪い。

(酒でも呑んで、とっとと忘れてくれりゃーいいけど)

さすがに当分は落ち込むだろうが、時間が経てば嫌な記憶も薄れていくだろうし、徐々に立ち直って、また優等生な日常に戻って――。

なるべく楽観的に考えようとする側から朝岡の引きつった表情がフラッシュバックしてきて、鋭利な切っ先でつつかれたみたいに胸がちくちくと痛む。

(……クソッ)

今更中途半端な罪悪感を覚える自分が腹立たしかった。

くだらねえ。

はじめっから、あいつを傷つけることなんか百も承知だったじゃねぇか。

承知の上で、ただ「おもしろいから」という最低の理由で、あいつをターゲットに選んだ。

なんにも知らないあいつを甘い言葉で誑《たぶら》かし、嫌がるのを無理矢理に犯して……駄目押しでさっきどん底へ突き落とした。

ふと、ただひとつの寄る辺のように、自らを犯す相手にしがみついてきた朝岡の腕の感触を思い出す。痛みにすすり泣きながらも、必死に自分を受け入れようとした細い体……。

(クソ……まただ)

胸に走る鋭い痛みに、雅也はきつく眉をひそめた。

もう考えるな。過去は覆《くつがえ》せない。

終わったことだ。考えるな。

忘れちまえ!

8 SHINOBU

樫《かし》の木のドアに『美術準備室』とプレートが貼られた、天井の高い一室。

　壁一面の書架とアンティークの調度品に囲まれたその部屋には、かすかにクラシックの調べが流れていた。自らを『西園寺《さいおんじ》』と名乗った男は、「ここに座りなさい」と忍《しのぶ》をソファに座らせ、熱いミルクティーを手ずから淹《い》れてくれた。

　オールバックに撫でつけた栗色の髪。白く秀でた額と高い鼻梁《びりょう》。薄い唇。あまり感情の窺《うかが》えない灰褐色の双眸《そうぼう》。年の頃は三十代後半くらいだろうか。肘掛け椅子に長い脚を組んで座り、優美な所作で紅茶を口許《くちもと》に運ぶ――ノーブルな顔立ちを眺めながら考える。

　何度か校内でその長身を見かけて、存在こそ知っていたけれど、高校から編入した忍は授業で接する機会はなかったから、彼の名前までは知らなかった。

（西園寺先生っていうのか）

　端整な面立ちのせいか、洗練された立ち居振る舞いのせいか、どことなく近寄りがたく感じる男とローテーブルをはさんで向かい合い、色素の薄い瞳にじっと見つめられた忍は、居たたまれない気分で視線を落とした。

　みっともなく泣く姿を見られた動揺から立ち直る暇もなく誘いをかけられて、つい、ふらふらとついてきてしまったけれど……。

　濃いめのミルクティーで体が温まり、気持ちが落ち着いてくるにつれ、ほぼ初対面の男と無言で向かい合っている状況に、居心地の悪さを感じ始める。

　泣き過ぎて目蓋《まぶた》が腫《は》れ上《あ》がっているのがわかっているから、なおのことまともに目を合わせられなかった。

ともかく残りの紅茶を飲んで、お礼を言って早めに失礼しようと、高級そうな陶器のカップに手を伸ばした時、正面の男が沈黙を破る。

「どうやらノヴァチェックの『ゴビ砂漠の恐竜たち』を気に入ったようだな?」

「……え?」

思いがけない問いかけに、ぴくりと手が止まった。

『ゴビ砂漠の恐竜たち』は、二週間ほど前に学校の図書室で借りた本だった。その直後に雅也《まさや》に話しかけられ、いろいろあって読む時間が取れず、まだ借りたままになっている本。

なぜ、西園寺がそれを知っているのか。

上目遣いに疑問をぶつけようとしたが、先に男に質問を重ねられてしまった。

「グレゴリー・ポールの『恐竜骨格図集』は既読かな?」

大好きな本のタイトルを出され、思わず「あ……はい」と答える。

「あれは側面図だけでなく、前後、上からの骨格図があるのが素晴らしい。ポールは恐竜画家であるだけでなく優秀な古生物学者でもあるからね。同じく彼の『肉食恐竜辞典』は?」

「それは……まだ未読です」

「そういえば図書室になかったね。あれは一見の価値がある。よければ今度貸そう」

申し出は嬉しかったが、まだ戸惑いが大きくて、忍はおずおずと尋ねた。

「あの……恐竜、好きなんですか?」

「恐竜と限ったわけではないが、化石全般に興味がある」

「そうなんですか」

我ながら安直だと思うけれど、化石好きと聞いて、近寄りがたいと思っていた男に少し親近感を覚える。

「滅びてしまったものを想像することには際限がない。……いい暇潰しになる」

謎めいた台詞《せりふ》をひとりごちた西園寺が、忍をまっすぐ見つめてきた。

「きみのことは図書室で頻繁に見かけるので知っていた。ここの生徒であの場所を利用する者は少ないからね。あれだけの蔵書に見向きもしないのは愚かなことだ。——それはさておき、あその司書とは茶飲み友達なんだが、彼との会話の中で時々きみのことが話題になった。彼が『あなたと嗜好《しこう》が近いですよ』と言うので、以来なんとなくきみが借りた本をチェックしていたんだ」

さらりとそんなことを言われても、忍はなんと答えていいかわからなかった。

自分みたいな人間に興味を持つ人がいるなんて、正直ぴんとこない。

何をやってもトロくて気のきいた話ひとつできない、勉強だけが取り柄のつまらない人間。

こんな自分と一緒にいても相手を退屈させるだけだから……はっきりと嫌われてしまうくらいなら、ひとりでいるほうがいいとずっと思ってきた。

家族以外の誰かの「特別」になれたことなんか一度もない。

だから十七年間生きてきて、積極的なアプローチを受けたのは、雅也が初めてだった。

（藤王《ふじおう》……）

雅也の名前を胸に還《かえ》すと同時に、激しい痛みもまた蘇ってくる。ぐっと奥歯を食い締めてやり過ごそうとしたけれど、苦痛の波はなかなか去っていかない。

「……っ……」

俯《うつむ》き、膝の上の拳《こぶし》を握り締めて胸の痛みを堪《こら》えていると、西園寺が言った。

「辛《つら》い時は、胸に溜め込まずに吐き出してしまったほうがいい」

気怠《けだる》い口調に促され、ゆるゆると顔を上げる。自分を正面から見つめる端整な貌《かお》には、これといった特別な感情は浮かんでいなかった。

期待するでもなく、男はただ淡々と、自分の言葉を待っている。

もし西園寺が熱血漢タイプの教師だったら——もしくはその瞳に哀れみや慰めが浮かんでいたのなら——決して話さなかっただろう。

だけど、西園寺はそのどちらでもなかった。話したければ話せばいいというような、熱意とはほど遠い冷めた眼差《まなざ》しを受け止めているうちに、いつしか胸の奥から切実な欲求が込み上げてくる。

全部、話してしまいたい。

誰かに聞いてもらいたい。

抑えきれない欲求に押されて口を開く。たどたどしくつっかえつっかえしながらも、気がつくと忍は、ホテルでの経緯《いきさつ》を含めて雅也との一部始終を、目の前の男に打ち明けていた。

この二週間、誰にも言えずに胸に溜め込んでいた秘密を一気に吐き出す――それは思っていた以上の解放感だった。気持ちがすーっと楽になる。

話し終えた忍が、ぐったり虚脱していると、西園寺が静かに問いかけてきた。

「彼が憎いか？」

しばし胸の中の自分と対話したのちに、首を横に振る。

その言葉が全部嘘だったとわかった今でも、雅也を憎む気持ちは自分の中になかった。

利用されて、もの笑いの種にされたのだと知っても……憎めない。

録画の件は許せないと思うけれど、どうしても憎むことはできない。

それよりも――。

「……自分が嫌なんです」

心の声を膝に落とす。

からかいの対象にしかならない、無様で惨《みじ》めな自分が嫌でたまらない。

おそらく賭のターゲットにされたのも、自分が学園で一番ダサくてトロいから。舞い上がっている様子が滑稽《こっけい》で笑えるからだ。

そう思うとまた涙が出そうになる。

喉許の嗚咽《おえつ》を必死に堪える忍に、西園寺がもう一度問いかけてきた。

「変わりたいか？」

「……え？」

一瞬意味がわからず、顔を振り上げて目の前の男を見る。男は、呑み込みの悪い子供を憂《うれ》うような表情を浮かべていた。

「今の自分が嫌で、変わりたいんだろう？」

いささか苛立った口調で問い詰められ、あわててうなずく。すると満足そうに微笑んだ男が、組んでいた脚を解《と》いて立ち上がり、忍に向かって右手を差し出してきた。

「本気で自分を変えたいと思うなら、私と一緒に来なさい」

9 × MASAYA

朝岡《あさおか》忍《しのぶ》という存在を強引に頭から追い払った雅也《まさや》は、その日の放課後、当の朝岡が背の高い男と連れ立って歩く姿を渡り廊下に見かけ、思わず足を止めた。

(朝岡?)

午後の授業に姿を見せなかったから、てっきりもう校内にはいないのだと思っていた。

あのまま帰ってしまったのだとばかり。

「……まだいたのか」

朝岡は鞄《かばん》を手にしているので、教室に一度戻ったのかもしれないが、自分はもう出たあとだったので、顔を合わせることはなかったのだろう。

それより問題は一緒に歩いている相手だ。

(あれって……あいつだよな?)

朝岡の傍《かたわ》らに立つ人物に意表を突《つ》かれた雅也は、一見して接点がないように思えるふたりを追った。はからずも数メートル後ろを尾行する形になる。

ふたりが向かっていたのは、どうやら教職員専用の駐車場だったらしい。駐車場の一番奥のスペースで足を止めると、男がレトロなフォルムの車にキーを差し込み、助手席のドアを開いた。

先に朝岡を助手席に乗せ、次に男が運転席に乗り込む。

やがてエンジンがかかり、車はゆっくりと発車した。独特の排気音を立てながら門扉《もんぴ》を抜けて、建物の陰に身を隠す雅也の視界から走り去る。

シルバーメタルのクラシックベントレー。

あんな骨董品《こっとうひん》みたいな車を好んで運転するような物好きは、学園広しといえどもあの男くらいしかいない。

中等部美術教師——西園寺貴臣《さいおんじたかおみ》。

「……なんであいつが朝岡と？」

ベントレーが視界から消えてからもしばらくの間、雅也はその場を動けなかった。

10 × SHINOBU

——本気で自分を変えたいと思うなら、私と一緒に来なさい。

差し出された手をつい取ってしまったのは、男に恥ずかしい自分をすべて知られてしまったせいもあったかもしれない。それと、何もかも失って自棄《やけ》になっていたからかも……。

いずれにせよ美術準備室を出た忍《しのぶ》は、男に促されるがまま、教職員専用の駐車場まで行き、そこに停《と》めてあった古めかしいフォルムの車に乗った。車には詳しくないから車種はわからなかったけれど、左ハンドルだから外車だろう。

総革仕様のシートは、今まで乗ったどの車よりクッションが効いている。運転席の男がCDデッキを操作すると、クラシックの調べが流れ始めた。その音色に満足そうにうなずき、男が車を発車させる。

運転に集中する西園寺《さいおんじ》の横顔は隙がなく怜悧《れいり》で、どこへ行くのか尋ねるきっかけを摑めない間に、ウィンドウ越しの景色がどんどん流れていく。

実際に車に乗っていたのは十五分くらいだろうか。大きなお屋敷が建ち並ぶ高級住宅街に入った車が、中でもひときわ敷地面積の広い邸宅の、見上げるような門扉《もんぴ》の前で停まった。

夕陽に赤く反射する鉄門の向こうには、鬱蒼《うっそう》とした木々が生い茂っている。

(……森?)

西園寺がリモコンで鉄門を開ける。真ん中から開いた門をくぐり抜け、森のようなアプローチを進む。ややしていきなり視界が開け、青々とした芝生が敷き詰められたフロントヤードと、お城のような白亜の館が現れた。色とりどりの花が咲き乱れるガーデンを横目にフロントヤードを進み、プールのような噴水を迂回《うかい》して車寄せに停まる。

(すごい……日本じゃないみたいだ)

こんなお屋敷、映画の中でしか観《み》たことがない。

小耳に挟むクラスメイトたちの家も相当な広さだけど、このお屋敷と比べたらレベルが違うんじゃないだろうか。

スケールの大きさに圧倒され、ぽかんと口を開けていると、一段高い位置にある玄関の二枚扉が開き、中から黒いスーツに身を包んだ初老の男性が出てきた。

やはり映画でしか観たことがないけれど、裾《すそ》が長めのジャケットや、ぴったり撫でつけた髪型が、なんだか「執事」っぽい出で立ちの男性だ。

大理石の階段を下りてきた黒尽くめの男性が、車を回り込んで運転席のドアを開け、「お帰りなさいませ、旦那様《だんなさま》」と頭を下げる。西園寺が車を降りるのを待って、今度は助手席に回り込み、ドアを開けてくれた。

「――お足元に気をつけてお降りくださいませ」

恭《うやうや》しく、ドアに手を添えて促され、ぎくしゃくと車を降りる。

「藤原《ふじわら》――客だ」

西園寺のぞんざいな説明に、藤原と呼ばれた男性が忍のほうを向き、深々とお辞儀をした。

「いらっしゃいませ、お客様」

「あ……お、お邪魔します」

明らかに場違いな忍を見ても、藤原は眉ひとつ動かさない。もし忍がすっ裸だったとしても、平然としているだろうと思わせる堂に入った落ち着きがあった。

「こっちだ。来なさい」

西園寺に呼ばれ、忍はあわてて彼のあとを追う。外階段を上がり、開いたドアから邸内に入った。外観も立派だったが、内装がまたすごい。絨毯《じゅうたん》は靴底が沈むほどふかふかだし、天井は首が痛くなるくらいに高い。その天井には宗教画らしき精巧な絵画が描かれていて、そこから重そうなシャンデリアがぶら下がっていた。

壁にも豪華な額入りの油絵がたくさんかかり、廊下には、いかにも歴史的価値の高そうな調度品がずらりと並んでいる。まるで美術館みたいだ。

そういえば……靴を脱いでいなかったことに気がつき、焦って前を行く男たちを見たが、ふたりとも革靴のままだった。

（本当に……外国みたい）

ヨーロッパはおろか、日本を出たことすらないけれど、きっと英国の貴族のお屋敷とかってこんな感じなんじゃないだろうか。

吹き抜けの大ホールに辿り着くと、西園寺が藤原に、「私の部屋に飲み物を持ってきてくれ」と命じた。

「かしこまりました」

承った藤原が一礼してその場を去る。その背筋の伸びた後ろ姿を惚けたように見送る忍に、西園寺が「ついてきなさい」と言った。

真っ赤な絨毯が敷かれた階段を上がり、廊下をしばらく歩いて、突き当たりの部屋に行き着く。大きな木の二枚扉を開き、先に中に入った西園寺が、「入りなさい」と忍を誘った。

おそるおそる足を踏み入れたそこは、ルーフバルコニー付きの洋間だった。

石造りの暖炉《だんろ》を配した広大な洋間には、一角に応接セット、別の一角にはライティングデスクが置かれ、ライティングデスク周りの壁はぐるりと書架が囲んでいる。暖炉の上に飾られた大きな絵には、西園寺と面差しがよく似た老人が描かれていた。

ドアが開け放たれた続きの間には、天蓋付《てんがいつ》きの寝台が置かれているのが垣間見《かいまみ》える。

別世界に足を踏み入れてしまった気後《きおく》れに、ドアの前に立《た》ち竦《すく》む忍を、西園寺が振り返って「おいで」と呼んだ。それでも動けずにいると、少し苛立った表情で近づいてきて、忍の腕を掴む。手を引かれ、寝室へ連れていかれた。

広々とした寝室には、壁一面の巨大な鏡があった。

「さぁ、自分を見てみなさい」

その鏡の前に忍を立たせ、自分は斜め後ろに立った男が、肩に手を置いて問いかけてきた。

「どう思う?」

(どうって……)

最近痩《や》せたせいで、制服の中で泳いでしまう貧弱な体。すぐ後ろに西園寺がいるから、余計に貧相さが際立つ気がする。

どことっていって取り柄《とえ》のない、平凡で冴えないルックス。

改めてありのままの自分を再確認した忍は悄然《しょうぜん》と俯《うつむ》いた。

「……ダサいです」

「確かに、少し前髪が重いな」

微妙な同意を示して、西園寺が忍の前髪を指で掻き上げる。

「色を抜いて軽くしたほうがいい」

次に眼鏡《めがね》をすっと取り去った。

「眼鏡もコンタクトにしよう」

その説明をぼんやりと聞いていた忍に、男が言葉を継ぐ。

「私は、自分で思い込んでいるほどきみという素材が悪いとは思わない。きみは自分の見せ方を知らないだけだ」

そこでいったん言葉を切り、鏡越しに忍をじっと見つめた。

「まず、男にしてはめずらしく肌理《きめ》が細かい。色も白いし、顔立ちも……派手な造作ではないが小作りにまとまっている。あとは表情だが、それは自分に自信がつけばおのずと変わってくるだろう」

誉め言葉に免疫がない忍が面食らっていると、西園寺が耳許《みみもと》に囁《ささや》いてくる。

「さっき『変わりたい』と言ったね。私もきみを変えてみたい。きみという素材に興味があるんだ。任せてくれれば、きみの隠れた魅力を充分に引き出す自信がある。この私に、きみを変える手伝いをさせてくれないか？」

常に気怠《けだる》い倦怠《けんたい》を纏《まと》っていた男の、一転して熱を帯びた声音に忍は戸惑った。急にどうしたんだろうという違和感の一方で、男の熱意には心を動かされる。

(隠れた魅力?)

そんなものが自分にあるんだろうか。にわかには信じられないけれど。

でも、西園寺の灰褐色の双眸《そうぼう》を見つめ返しているうちに、だんだんと現実感が薄れてきて、これは夢なんじゃないかと思えてくる。

映画のセットみたいな部屋の中で、「きみを変えたい」なんて口説かれている自分。

(なんだか……変だ)

乾いた笑いが漏れそうになる。

こんな自分に興味を持ち、変えてみたいと言う変わった男。

何もかも持っていそうなのに……なのにどこか厭世的《えんせいてき》で。

自分を変えることで、この人も何かが満たされるんだろうか。

そして自分もまた、外見を変えることで何かが違ってくる?

(もし、本当に変われるのなら)

惨《みじ》めでダサい朝岡《あさおか》忍を捨てられるのなら。

——変わりたい。

変わることで失うものなどひとつもない。

一番大切なものは、もう無くしてしまったのだから。

（藤王《ふじおう》）

永遠に失ってしまったその姿が、鋭い痛みを伴って脳裏に還《かえ》る。

もうプライベートで親しくすることはないけれど……それでも自分が変われば、クラスメイトとして、普通に接することくらいはできるかもしれない。

そう思った瞬間、最後の惑いがふっ切れる。

「……お願いします」

忍の受諾に男が目を細め、口角を持ち上げた。

直後、タイミングを見計らっていたかのように、ワゴンを押した藤原が主室に入ってくる。

「お茶の用意ができましてございます」

西園寺が微笑み、忍の肩を軽く叩いた。

「まずは熱いミルクティーを飲みながら、今後の対策を立てようか」

×　×　×

それからの数日間で、西園寺はじっくりと時間をかけて、忍の外見を作り変えていった。

「先生の家に泊まりがけで勉強を教わるから」

親に初めての嘘をつき、学校も休んだ忍は、西園寺の屋敷に寝泊まりをして、変身プロジェクトの総合プロデューサーである男に、その身を委ねた。

西園寺は、美容師、スタイリスト、テイラー、エステティシャン、インストラクター、栄養士など、様々な職種のプロフェッショナルを屋敷へ呼び寄せた。

まずは西園寺家御用達《ごようたし》の老舗《しにせ》テイラーに採寸してもらい、体にぴったり合ったサイズの制服を注文する。靴も専用の足型を取り、オーダーメイドで作ってもらった。

制服の発注が済んだら、今度は私服。

「せっかくの透明な雰囲気を損なわないように――とのご要望でしたので、できるだけシンプルなデザインのアイテムを揃えてみました」

スタイリストが集めてきたアイテムの中から西園寺が選んだ白いシャツは、ぱっと見はこれといった特徴はなかったが、袖《そで》を通してみれば、いつも着ている量販店の品との差は歴然だった。

まず肌触りが違う。上質で、心地いい。そしてとても動きやすい。

「安物とは縫製からして違う。これが本物だ」

西園寺の言葉に、思わず大きくうなずいてしまった。

「彼は色が白いので、それを引き立てるために、この色はどうでしょう？　明るすぎず、重すぎず、上品な栗色だと思います」

美容師が見せるヘアカラーのサンプルに、西園寺が「いいだろう」とゴーサインを出す。忍の意見は誰も求めない。忍も自分のセンスに自信がないので黙っていた。

「もともとの毛質はいいので、カットだけで充分だと思います。ところどころシャギーを入れて、全体的に軽くしましょう」

ヘアカットとカラーリングが終わったあとで手入れの仕方とスタイリング方法を教わり、エステシャンにバトンタッチ。顔から始まって首、背中、肩、手……と、全身くまなくマッサージを受ける。足の爪までぴかぴかに磨かれた。

見た目の手入れがひととおり終わると、次に待っていたのは、ウオーキングや座る時の正しい姿勢など、立ち居振る舞いに関するレクチャーだった。藤原にも、食事の際のマナーを教わる。栄養士には、体質に合ったバランスメニューを作ってもらった。

入れ替わり立ち替わり、その道のプロが現れ、自分に手を加えていく——それは初めての刺激的な体験であり、失恋の痛手を紛らわすのにちょうどいい気晴らしにもなった。

当初は展開の早さについていけず、急激な変化に不安も感じたが、途中で忍はあれこれと考え悩むのをやめた。

自分を変えるために始めたんだから、中途半端はナシだ。

ここまできたら覚悟を決めて、西園寺の裁量に身を任せるしかない。

開き直りに近い心情で、忍は以前の自分ならまず二の足を踏んだであろう事柄にも果敢に挑んだ。

そうして迎えた六日目の夜。

六日前と同じ鏡の前に立った忍の背後から、西園寺が満足そうに言った。

「もうきみをからかう者はいないと思うが?」

男の言葉どおり、鏡の中の少年は、かつての朝岡忍とはまったくの別人だった。

(これが……僕!?)

信じられない思いで、ゆるゆると瞠目《どうもく》する。

栗色の髪が全体の印象を明るく見せている。事実、マッサージと栄養管理のおかげか、ずいぶんと血色がよくなっていた。

眼鏡がなくなり、造作が露《あらわ》になったが、その分顔の輪郭《りんかく》がすっきりとした。ぼさぼさだった眉も整い、前髪も軽くなったので、もっさりした印象は影を潜めた。

髪が軽くなって頭が小さくなったせいか、不思議なことに今までは六頭身だったのが七頭身に見える。

(なんだか魔法にかかったみたい)

素材は同じなのに、こんなにも印象が変わるなんて!

自分で自分の姿にぼーっと見惚れていると、西園寺が背中をすっと撫で下ろした。

「……すごい」

「背筋を伸ばして姿勢をよくするだけで、ずいぶんと印象が変わってくるものだ。猫背で俯き加減だと、どんなに綺麗な顔をしていても陰気に見える。逆に胸を張って顎《あご》を引き、相手の目をま

っすぐ見ていれば、自信に満ちて輝いて見える」

「……はい」

「新しい自分は気に入ったか？」

「ええ……とても」

こっくりとうなずきながら、脳裏に雅也《まさや》の顔を思い浮かべる。

雅也は……？　変わった自分を見てどう思うだろう？　驚くだろうか。

(でもこれなら)

この姿ならば、彼と普通に接することができるかもしれない。

何もなかったように、普通に。自然に。

「さて、見た目は変わった」

めずらしく上機嫌の西園寺がつぶやく。

「次は外見に見合った中身を作る段だな」

11 MASAYA

西園寺《さいおんじ》の運転するベントレーで消えたまま、朝岡《あさおか》が学校を休むようになって数日が過ぎた。

それまでは遅刻すらしなかったクソまじめがもう四日も登校していない。

そのことに、雅也《まさや》は酷く苛立っていた。

病気かと思えば鳩尾《みぞおち》のあたりが重苦しくなるし、さぼりかもしれないと思えば、それはそれでイラッとする。

雅也以外のクラスメイトは誰も朝岡の欠席を気に留めていないし、当然話題にも上らなかったから、その理由が耳に入ってくることはなかった。担任に訊《き》く手もあるが、「なんでおまえが？」と逆に聞き返されそうで、それも億劫《おっくう》だ。

本人に問い質《とただ》すのが一番早いとわかっていたが、賭がバレた際の気まずさを思い出すと、それはさすがにできなかった。

さらに二日が経ち、その日もイライラと日中を過ごした六日目の夕刻、雅也は寝室のウォークインクローゼットに直行した。

大量の衣類やら靴やら帽子やらバッグやらがみっしりと詰まった空間に足を踏み入れ、ここ何年も開けていなかった引き出しに手を伸ばす。

「確かこのあたりの……引き出しのどっかにあるはず」

上から順に引き出しを開け、中に手を突っ込んでは、手当たり次第に中身を引っ張り出す。

どこかに仕舞ったきり十年も放置していたものを探し出すのは容易ではなく、ウオークインクローゼットの床が見えないくらいに引き出しの中をぶちまけた末に、ようやっと一本のビデオテープを見つけ出した時には、とっぷり日も暮れていた。

「コレだよ、コレコレ!」

それでも目的のものを手にした瞬間、一気にテンションが上がった。

いつだったか朝岡に貸してやると約束したままになっていた、アメリカ自然史博物館の恐竜が映っているビデオテープだ。早速DVDメディアに落として焼き、ケースに入れてヒップバッグに仕舞う。

「約束を果たす」という大義名分を得た雅也は、夕食も摂《と》らずに家を出て、朝岡の家までバイクを走らせた。

だが、玄関口に現れた母親は、「忍《しのぶ》は先生のご自宅で泊まりがけの勉強会に参加しています」と言うばかりで、「どの先生ですか?」と尋ねても「お名前はわかりません」「いつ戻ってくるんですか?」「それもちょっとわからないんです」と、さっぱり要領を得ない。どうやら息子が学校を休んでいることも知らないらしい。

まじめな息子が自分に嘘をつくわけがないと、信用しきっているのだろう。

「もし忍から連絡があったら、何か伝言しましょうか?」

「あ、いいっす。どうせ明日学校で会いますから」

本当に明日学校に来るのかもわからなかったが、そう断って朝岡家を辞した。

(とりあえず、病気じゃなかった)

それに関してはほっとしたが……。

すぐに苛立ちが復活してくる。

(先生のご自宅で泊まりがけの勉強会だぁ?)

その『先生』とやらが、西園寺であることはすぐに察しがついた。

貿易業で財を成した親から莫大な資産を受け継ぎ、雅也の家からほど近い松濤《しょうとう》の一等地に広大な屋敷を構える——西園寺貴臣《たかおみ》。

青北《せいほく》の理事長とも懇意な間柄で、一応美術教師という肩書きは持っているものの、言ってみれば金持ちの暇潰し。学園内の一角に美術準備室という名の理事長室より広くて立派な個室を持ち、授業のない時間はそこでクラシックを聴いて過ごす。

雅也も中等部の時に授業を受けたが、教師としての熱意など欠片《かけら》も見受けられない内容で、生徒に適当な課題を与えると、あとは退屈そうに窓の外を眺めているのが常だった。

見た目に魅《ひ》かれてか、はたまた財産目当てか、女からのアプローチは引きも切らないらしいが、浮いた噂もなく、三十代も半ばを過ぎているのにいまだ独身。

男子校の教師を『趣味で』やっているあたり『怪しい』ともっぱらの評判だが、たとえ西園寺が噂どおりのゲイだとしても、朝岡のような平凡でこれといって取り柄《とりえ》のないチビに食指を動かすとは思えない。

(けど……あの世界は奥が深いらしいから、フツーの感覚とずれてるかもしれねぇし)

そんな懸念も拭《ぬぐ》いきれず、雅也は朝岡の家から西園寺邸までバイクを走らせた。

「……でけぇ」

聳《そび》え立《た》つ堅牢《けんろう》な門扉《もんぴ》を前に、感嘆の声が漏れる。

うちだって仲間内じゃ一番でかいが、ここはレベルが違う。

「この中に朝岡がいるのか」

鬱蒼《うっそう》と生い茂る樹木のせいで屋敷は見えない。

今頃、西園寺と仲良く茶でも飲んでるのか？

なんだか無性に腹が立って、雅也はやつあたり気味に鉄門を蹴りつけた。が、もちろんびくともしなかった。

「クソ……クソ！」

なんでこんなに気分が苛立つのか、自分でもわからない。

(どうしたんだよ？　俺)

あんなチビ、どうでもいいじゃないか。たかが一回寝ただけの相手。ひと晩限りの相手なんて、今までだって掃いて捨てるほどいた。

そんなやつがこのまま不登校になろうが、ゲイ教師の毒牙にかかろうが関係ねえ。

そう思うのに、なんでかすっぱりと割り切れない。

もし自分のことがきっかけで、自棄《やけ》を起こした朝岡が西園寺にやられちまったとしたら、やっぱ夢見が悪い……。

「だから……だよな?」

わざわざこんなところまで来て、何もできない自分にやきもきしている己の不可解さを、そんなふうに無理矢理納得するしかなかった。

門の前で一時間待ったが朝岡には会えず、そのあとも悶々《もんもん》と眠れぬ夜を過ごして──翌日。

不眠の元凶が一週間ぶりに登校してきた。

しかも周囲の度肝を抜くようなイメチェンを遂げて──!

「……誰、あれ?」

「あんなキラキラしたヤツ、うちにいたっけ?」

「……ッパネー!」

朝から校内が蜂の巣をつついたような騒ぎになる。

廊下に鈴なりになったクラスメイトの例に漏れず、雅也も朝岡の変わりように言葉を失った。

まずトレードマークだった黒縁眼鏡《くろふちめがね》がない。それだけで顔の輪郭《りんかく》が驚くほどシャープになって、印象がまるで違って見えた。

卵形の小さな顔。すっきり整えられた理知的な眉の下の、涼しげな切れ長の双眸《そうぼう》。細い鼻梁《びりょう》と小振りだが形のいい唇。華奢《きゃしゃ》な顎《あご》。

黒くて重たかった髪は自然な色にカラーリングされ、歩くたびにさらさらと額で揺れる。シャギーが入って毛先が軽やかになったせいか、首筋のラインの美しさが際立って見えた。

別人のように垢抜《あかぬ》けた朝岡が、唇を引き結び、聡明な眼差《まなざ》しでまっすぐと前方を見据《みす》え、こちらに向かって廊下を歩いてくる。

(あ……朝岡？)

廊下の中程に呆然と立ち尽くす雅也と目が合った刹那《せつな》、向こうも息を呑んだような気がしたが。

「………っ」

すぐに朝岡のほうから視線を逸らし、何事もなかったようにすれ違っていく。行き交う際、ふわりとシャンプーの甘い香りが鼻孔をくすぐった。

その香りに誘われるように体の向きを変え、すっと背筋の伸びた、小柄だけど均整の取れた後ろ姿を見送る。

朝岡と行き違った生徒が皆、目を丸くして振り返った。

「マジで誰だよ？」

「え？　朝岡？　って誰？」

「知らねー。編入組？」

疑問の声が耳に届いたが、ひと月前の雅也なら、同じリアクションをしていただろう。

いや、あれだけ毎日顔をつきあわせたあとでも、一瞬誰だかわからなかった。

それくらい、その変身はインパクト大で。

(あれが……あのダサい朝岡なんて信じられない)

バーチャルのアバターだって、こうは上手くいかない。

狐につままれた気分で、授業が始まっても「朝岡ショック」から頭が切り替えられず、一番前の席に座る華奢な後ろ姿を見つめ続けた。

朝岡は、休んでいた間の遅れを取り戻そうとするかのように、熱心に授業を受けている。クラスメイトたちの好奇の視線もスルーして、ちらりとでも背後を振り返る素振りすら見せない。それでも雅也はどうしても、朝岡から目を離せなかった。

抜けるように白い首筋とほっそりとした肩のラインから、そこはかとない色気を感じる。同じ制服姿なのに、なんでこうも前と違って見えるのかわからなかった。

だが、これがプロの仕業《しわざ》であるのはわかる。なんのコネもないいち高校生が、一週間やそこらでここまでのクオリティに自分を作り変えることなど不可能。

学校中を騒然とさせた変貌の仕掛け人――朝岡のイメチェンのプロデューサーの正体は、雅也には予想がついた。

まず間違いなく、西園寺に違いない。

あの男が、勉強だけが取り柄の冴えないチビを、誰もが振り向くアイドル顔負けのルックスに作り変えたのだ。

朝岡の変身の謎が解けると同時に、腹の底から重苦しい「熱」が迫《せ》り上《あ》がってくる。

悔しかった。

(俺と寝たって変わらなかったのに)

たった何日かあいつと過ごしただけで、こんなに変わるってどういうことだよ?

悔しい……!　めちゃくちゃ悔しい!

胸中を荒れ狂う激情の嵐は、その日一日過ぎ去らなかった。

12 × SHINOBU

外見が変わると周囲の見る目も変わる——というのは新しい発見だった。

休み明けの学校で、クラスメイトに好意的に迎え入れてもらえたのはほっとしたけれど、忍《しのぶ》は少し腑《ふ》に落ちないものも感じていた。

(だって、中身は変わってないのに)

でもやっぱり、少しは変わったのかもしれない。

雅也《まさや》の前でも、取り乱さずに済んだのだから。

失恋が確定した時から、雅也については極力考えないようにしてきた。できるだけ頭の片隅に追いやるように努めてきた。いろいろやることがあったせいで、西園寺《さいおんじ》のお屋敷にいる間はそれができていたけれど、いよいよ明日には顔を合わせるとなれば緊張が高まり、ひさしぶりに戻った自宅のベッドで眠れぬ夜を過ごした。

吹っ切ったつもりでも、いざ本人を目の前にしたら取り乱してしまうかもしれない。

みんなの前でみっともなく泣き出してしまったらどうしよう？

頭を過《よ》ぎったいくつもの懸念は、幸運にも杞憂《きゆう》に終わった。

廊下でいきなり雅也とばったり鉢合わせした時は、心臓が止まりそうだったけれども。

失恋の日以来の雅也は、どことなくやさぐれたオーラを発しており、そのせいかいつもより艶《つや》っぽく見えて、その長身に目が吸い寄せられてしまった。

あわてて視線を外し、それからは必死に前だけを見据《みす》えて歩いた。距離が縮まるにつれてドキドキがひどくなって、パニックが顔に出ているんじゃないかと内心ビクビクで……。

すれ違う寸前に目が合ってしまい、危うく声が漏れかけたけど……どうにか堪《こら》えた。

これが、親も仰天した『変身』の成果なら、魔法をかけてくれた西園寺にはいくら感謝してもし足りない。驚く両親に、自分を変えたかったと正直に告げ、理解してもらうまでには少し時間がかかった。

だけれど、外見を変えることで気持ちを切り替えなければ、たぶん二度と学校へは行けなかったと思う。

今まで口をきいたことのないクラスメイトが、次々と話しかけてきたのには面食らったけど、せっかくだからと誘いに乗り、放課後、そのうちの数人と渋谷《しぶや》へ行ってみた。

いつかと同じ店に入るたびに、雅也と過ごした時間を思い出してしまい、忍はまだ傷口が癒えていない自分を思い知った。

（でも……あれはもう終わったことなんだから、忘れなくちゃいけない）

自分は変わった。

もうあの時の、泣くことしかできなかった惨《みじ》めな朝岡《あさおか》忍はいないのだ。

新しい遊び友達と別れたあとで、忍は西園寺の屋敷に立ち寄った。

学校でのみんなの反応や、アフタースクールの様子などを忍が語っている間、男は鷹揚《おうよう》な笑みを浮かべていた。

「あの……」

語り終えた忍は、ずっと胸に抱いていた疑問を思い切って口にする。

「先生は、なんで僕にこんなによくしてくださるんですか？」

忍の問いかけに、西園寺はますます笑みを深めた。

「理由など知ってなんになる？　私ときみが満足ならそれでいいじゃないか」

「でも……」

これまでにかかった費用は出世払いにしてもらうにしても、西園寺が自分のために割《さ》いてくれた時間や、お金には換算できない借りがたくさんある。果たしてそれらに対する対価を、自分はちゃんと支払うことができるのか。

不安に思った忍が黙り込むと、男が言葉を継いだ。

「それできみの気が済まないのなら、たまに美術準備室に顔を出して、私の話し相手になってくれ」

こんな自分と話しておもしろいのだろうかと不思議だったが、他に恩を返す手立てもないので承諾した。

それからは、放課後に西園寺の個室に立ち寄るのが忍の日課となった。

お茶を飲みながら、主に最近読んだ本の話などをして一時間ほど過ごす。

男は博識で、興味を持っている分野も多岐にわたり、話題は尽きなかった。

話が弾んで時間が遅くなると、西園寺の運転で食事に出かけることもあった。

彼のスポンサードがなければ一生足を踏み入れることはなかったであろう三つ星レストランで食事をした帰り、「買い物がしたい」と高級ブティックに連れていかれた。

てっきり自分の服を買うのだと思っていたら、西園寺が見繕った一式は忍のサイズだった。

オーダーメイドほどではないにしても、生地からして高価そうなスーツの試着を迫られ、忍は後ずさりした。

「こんな高級なもの、いただけません」

固辞しても、男は唇に薄く笑みを刷《は》いて取り合わない。

「今の格好もよく似合っているが、さすがに制服では連れていけない場所もある」

「で、でも、僕には分不相応です」

「一緒に歩く人間が安物を着ていると、私まで品格が疑われる。次に私と出かける時は、このスーツを着なさい。いいね？」

「………」

西園寺の品格に関わるとまで言われてしまえば、拒みきれなかった。

彼の薦める本を読み、映画を観《み》る。休みの日には、歌舞伎や能やオペラ、クラシックコンサートにも連れていってもらった。

初めてのコンサートは、着慣れないスーツに肩が凝《こ》り、音を楽しむどころじゃなかった。ロビーで西園寺に声をかけてくるのは、見るからにセレブな人種ばかりで、忍はひとりだけ場違いな自分を痛感した。

だが回数を重ねていくうちに少しずつ、居たたまれないほどの違和感は薄れていく。

肉といえば鶏《とり》か豚だったのがジビエの野趣を知り、旬の野菜の甘味を知った。はじめはただ鉄臭さしか感じなかった年代もののワインも、徐々にその深みがわかるようになった。

体形に合わせてあつらえたスーツが自分を二割り増しに美しく見せること、オーダーメイドの革靴は決して靴ずれしないことも知った。会員制の乗馬クラブで、おっかなびっくり乗馬を経験して、すぐに馬の美しさに夢中になった。

「自分がめまぐるしく変わっていくのはどんな気分だ?」

ディナーの帰り、クラシックな車を操る男に不意に問われて、助手席の忍は両目を瞬《また》かせた。

どんな気分と問われても……変わったのは外見だけだし。

(それと、周りのリアクション)

世の一流に日々触れる生活が、いつしか外見だけでなく内面までも変えつつあることに、当の忍自身は気がついていなかった。

「やはり私の目に狂いはなかった。きみは頭がよく、性格が素直だ。もともと余計な知識がなかったところもよかった。真っ白な分吸収も早く……日を追って著《いちじる》しく成長している」

言われてみれば、確かにここ最近は以前のようにパニックになることがなくなった。

人見知りも薄れてきた気がする。

クラスメイトたちの前でもそれほど気後《きおく》れすることがなくなった。

「きみは生まれ変わったんだよ」

顔を傾け、忍の目をじっと見つめて、西園寺が気怠《けだる》い掠《かす》れ声《ごえ》で囁《ささや》く。

「きみは私の作品だ。花が綻《ほころ》ぶように美しく洗練されていくきみを見るのは実に気分がいい」

(作品？)

男の言葉は時折、忍の理解を超えることがあった。

困惑していると、男はうっすらと微笑んだ。

「きみの存在は、私の飢餓感を満たす」

「………」

有り余る財産を持ち、美貌と知性を兼ね備えていても、この人は満たされていないのだろうか。

外見が変わったことによって、たくさんのクラスメイトたちに囲まれてもなお、どこかが満たされない自分と同じように。

13 × MASAYA

蛹《さなぎ》から羽化した蝶《ちょう》のようにめまぐるしく変わっていく朝岡《あさおか》の存在は、雅也《まさや》に激しい葛藤《かっとう》をもたらした。

以前と違ってよく笑うようになり、その笑顔に吸い寄せられたクラスメイトが、彼の周りに輪を作る。「勉強を教えて」などという見え透いた口実で近づこうとする級友たちを疎《うと》まずに、朝岡はいちいち懇切丁寧に応対していた。

「物理ヤバいんだよ、助けてよ」

「次、オレもオレも」

図々しい要求を口にして朝岡に群がるクラスメイトを、雅也は苦々しい気分で、最後列から睨《ね》めつける。

ちょっと前まで『ダサ眼鏡《めがね》』とか陰口叩いてやがったくせに、手のひら返しやがって……！

ムカつくけれど、自分は彼らのように、朝岡に気安く話しかけられない。あんな鬼畜な仕打ちをしておいて、話しかけられるわけがなかった。いくらなんでもそこまで鉄面皮じゃない。

それに……やつらに混じってその他大勢のクラスメイトのひとりに格下げされるなんて冗談じゃない。それくらいなら、いっそ顔も見たくないほど嫌われたほうが百倍マシだ。

そう粋《いき》がりつつも、朝岡が自分以外の男に向ける笑顔を見れば、制御不能の苛立ちに囚われる。だったら見なきゃいいのに、どうしてもその姿を目で追わずにいられない。

……八方ふさがり。

十七年の人生で初めて味わう、もどかしくも狂おしいような挫折感《ざせつかん》。

大概のことはやり尽くし、すっかり枯れたつもりだった自分が、今更こんなダセェ感情に振り回されるなんて、思ってもみなかった。しかもその相手が、隣りのお嬢学校いちの美人でも巨乳の保健医でもなく、あの朝岡忍《しのぶ》だと思うと、滑稽《こっけい》すぎて笑いたくなる。

朝岡はもう、雅也を見ていなかった。

何かの折に偶然目が合うことがあっても、その瞳に特別な感情は浮かばず、至って自然なタイミングで視線を外される。

そのリアクションに、雅也はなぜかひどく傷つけられた。

少し前まで、確かに朝岡は自分に夢中だった。敢《あ》えて口に出されなくても、顔や態度を見れば、朝岡が自分に惚れているのは一目瞭然だった。

だからこそ、あいつはあれだけの苦痛に耐えて男の自分に抱かれた。何も知らない無垢《むく》な体を開いて自分を受け入れたのだ。

それほどまでに、朝岡にとって自分は間違いなく「特別」な存在だった。

その自分が、今はもう朝岡の中で「過去」になっているかと思うと、プライドがギシギシと軋《きし》む。

あれから数度、西園寺《さいおんじ》と連れ立って歩く朝岡を校内で見かけた。

新しい男を見つけ、その男によって磨かれ、日に日に綺麗になっていく朝岡を前にして、焦燥と苛立ちに振り回されるばかりで何もできない――無力な自分。

執拗《しつよう》に視線を送り、やっとのことで振り向かせても、次の瞬間には何事もなかったようにスルーされてしまう——無様な自分。

（……どんなウザキャラだよ？）

鬱《うつ》な気分を持て余し、机に突っ伏す。

慢性的な寝不足のせいか動くのすらかったるくて、しばらくそのままの体勢で不貞寝《ふてね》していた雅也は、ふと顔を上げた。窓から差し込む西日に目を細める。いつの間にか、教室には自分以外の誰もいなかった。

「……んだよ……」

顔をしかめ、髪をぐしゃぐしゃと乱暴に掻き上げる。

雅也がこのところ機嫌が悪いので、クラスメイトはおろか、加藤《かとう》や小池《こいけ》といった遊び仲間も遠巻きにして誘ってこない。

中でも加藤とは一週間前にひと悶着《もんちゃく》あり、気まずい関係になっていた。

原因は例のビンテージジーンズ。

あれほど欲しかったビンテージだが、朝岡に賭のことがバレてからは欲しい気持ちがすっかり失せてしまった。「早くデータを渡せ」という要求をのらりくらりと躱《かわ》し続《つづ》けているうちに、ついに加藤が「約束が違う」とキレたのだ。約束を違《たが》えたのは事実だし、加藤の言い分に理があるのはわかっていたが、どんなに詰《なじ》られてもSDカードを渡す気にはなれなかった。

「今となっちゃ動画のほうがお宝だぜ？　華麗なる変身を遂げた朝岡はいまや青北《せいほく》のアイドルだ

からな。あいつのバージン喪失動画なんつったら、何十万出しても欲しがるやつがいるのに」

物別れに終わったラスト、捨《す》て台詞《ぜりふ》を放った加藤の顔を、雅也はあわや殴りつける寸前だった。

「喧嘩上等」のヤンキーとか、今まで本気で馬鹿にしてきたが、その時ばかりは怒りで拳《こぶし》が震えた。

殴りつけたいほど誰かに腹が立ったのは、生まれて初めてだった。

なんとかギリギリ実際に手を出すのは堪《こら》えたが、雅也の殺気を感じたらしい加藤は、以来積極的な関わりを避けているようだ。

自分だって加藤を責められた義理じゃないのはわかっている。

(……嫌がるあいつにめちゃくちゃ興奮したくせに……ビンビンにおっ勃《た》てて……猷かってくらいにがっついて)

結局、SDカードは中身も確かめずに破棄した。

浅ましい欲望に駆られ、朝岡を犯す自分の映像なんか観《み》たくもなかった。

できることなら「あの夜」に戻って、自分を殴りつけてでも暴挙を止めたい。そんな妄想をした直後、昏《くら》い自嘲が漏れる。

(バカみてえ)

散々弄《もてあそ》んで傷つけておいて、今更後悔したってなんになる？

謝ったところで許してもらえるわけもない。

「……はー」

机の上に重苦しい嘆息を落とした時、ガラリと後方のドアが開く音がした。のろのろと顔を後ろに回し、戸口に立つ小柄な生徒と目が合う。

開いたドアに片手を添えた状態で、その生徒は立ち尽くしていた。切れ長の双眸《そうぼう》がみるみる見開かれる。

「……朝岡」

雅也のつぶやきに、細い肩がかすかに揺れた。十秒ほど瞠目《どうもく》して硬直していたが、やがて気を取り直したように、教室の中に入ってくる。

朝岡とふたりきりになるのは、あのホテルの夜以来、ほぼひと月ぶりだった。

雅也の脇をすり抜け、最前列の自分の席まで辿り着いた朝岡が、机の中を覗き込む。中から教科書を数冊引き出すと、右肩から下ろしたバックパックに仕舞い込んだ。

息を詰めて一挙手一投足を見つめていた雅也は、引き返してきた朝岡がふたたび脇をすり抜ける寸前、その細い手首を摑んだ。反射的な行動に、朝岡がびくっと大きく震える。

「な……に？」

振り払おうとするのを許さず、雅也は朝岡の手首を強く摑んだまま、椅子から立ち上がった。

至近から、つぶらな黒い瞳をじっと見下ろし、掠《かす》れた低音で尋ねる。

「……あいつのところに行くのか？」

「あいつ?」

「西園寺のところだよ」

「藤王《ふじおう》……くん?」

朝岡が柳眉《りゅうび》をひそめた。

なんでそんなことを訊《き》くの? きみには関係ないじゃない。

困惑した表情がそう責めているような気がして、腹の底がカッと熱くなる。気がつくと低い声で凄んでいた。

「新しい男ができたとたんにこっちはポイ捨てかよ? なんにも知らないツラしてとんだ性悪だな」

「な……んで?」

朝岡の顔がさっと青ざめる。

澄んだ瞳がみるみる翳《かげ》るのを見て、たまらない気持ちになった。

(……違う)

こんな悪態をつきたかったんじゃない。傷つけたかったわけじゃない。

そうじゃない……そうじゃないんだ!

腹の底から熱いものがぐぐっと込み上げてくる。闇雲な衝動に駆られた雅也は、摑んだ手首を強く引き、胸の中に細い体を抱き込んだ。ぎゅっと抱き締めた瞬間、朝岡が激しく震える。

折れそうに細いのに、しなやかな弾力を持つ体。

一ヶ月ぶりの感触と体温をたっぷり味わったあとで、その身を離した。視線の先の朝岡は、何が起こったのかわからないといった、呆然とした表情を浮かべている。

混乱に揺れる眼差《まなざ》しを捉《とら》えたまま顔を近づけた。唇に唇で触れると、ぴくっと震えたが、逃げない。やわらかい唇を軽く吸った。やはり動かない。

だが、舌先で隙間をつついた直後、突如我に返ったように暴れ始めた。

「やっ……ぅんっっ」

逃れようとするのを腕の力で封じ込め、くちづけを深める。舌で唇を割り、歯列をこじ開け、舌をねじ込んだ。逃げ惑う舌を追い詰め、搦《から》め捕《と》って吸い上げる。

「……っ……んっ」

ひさしぶりに味わう、濡れた熱い舌に我を忘れ、雅也は無我夢中で甘い口腔内を貪った。

「……………ふ」

銀の糸を引き、ゆっくりと名残惜《なごりお》しげに唇を離すと同時、平手で頬を撲《は》られる。

パンッ！

小気味いい音が響いた。

とっさに打たれた頬を手で押さえながら横目で朝岡を見やると、まだ右手を上げた状態でこちらを睨《にら》みつけていた。

怒りに上気した目許《めもと》と濡れた唇をぼんやり見つめる。

綺麗だと思った。

特に際立って造作が整っているわけじゃない。でも黒目がしっとりと潤んでいて、抜けるように色が白くて――。

なんで気がつかなかったんだろう。

この腕の中に抱いていたのに……あの男が変えるまで気がつかなかった。

あの時、手を伸ばせば届くところに、朝岡の気持ちがあったのに。

(……馬鹿だ、俺は)

自分を責めている間に朝岡がバッと腕を薙《な》ぎ払《はら》う。くるっと背を向け、引き止める暇《いとま》もなく、教室から飛び出していってしまった。

14 × SHINOBU

いきなりのキス。

(なぜ?)

なんで今頃になってキスなんか……。

やっと、なんとか普通に目を合わせられるようになってきたのに。

無意識に彼の姿を追ってしまう自分を、漸《ようや》くコントロールできるようになったのに。

乾いたばかりの瘡蓋《かさぶた》を剝がすような真似……酷い!

ドアを開け、教室の中にひとり居残る雅也《まさや》を見つけた瞬間、肩が揺れたのが自分でもわかった。

乱れた髪を搔き上げ、色素の薄い目を細める――そんななんでもない仕種に胸が激しくざわめく。普段の倍以上の速さで脈打つ心音は、雅也のすぐ横を通り抜ける際にピークを迎えた。

かろうじて平静を装い、自分の席に辿り着いても、じっとこちらに向けられた視線を感じて、教科書を摑む手が震える。

ふたりだけの空気が重い。息苦しくて一刻も早く教室から出たかった。

駆け出したい衝動を堪《こら》え、一度来たルートを引き返し、息を止めてその傍《かたわ》らを通り抜けかけた時。

いきなり手首を摑まれ、悲鳴を発しかけた。

(は、放して!)

だけど声が出ない。

「な……に?」

やっと喉の奥から上擦った声を絞り出し、雅也の手を振り払おうとしたけれど、強い力に抵抗を封じ込められる。

自分をきつく見据《みす》える狂おしい瞳に身動きができずにいると、低い声が落ちてきた。

「……あいつのところに行くのか？」

「あいつ？」

「西園寺《さいおんじ》のところだよ」

「藤王《ふじおう》……くん？」

なんでそんなことを訊《き》くのかわからなかった。雅也が苛ついているのはわかったけれど。

「新しい男ができたとたんにこっちはポイ捨てかよ？　なんにも知らないツラしてとんだ性悪だな」

「な……んで？」

とんでもない濡れ衣に、横っ面をひっぱたかれたような衝撃を受ける。鼻の奥がつーんと痛くなった。涙がじわっと出そうになるのを必死に堪える。

自分は変わったんだ。こんなことで傷ついたりしない。こんなことで傷つくもんか。

奥歯をきつく食い縛っていたら、手首をぐいっと強く引かれた。

「………っ」

引き締まった硬い胸に包まれた刹那《せつな》、頭が真っ白になって何もわからなくなった。今覚えてい

るのは、抱き締めてきた腕の痛いくらいの強さと、シャツの胸許《むなもと》から香ったコロン。

そして、合わさった胸から伝わってきた、少し速い鼓動。

混乱し、フリーズしている間に、熱い唇が覆い被さってくる。

いけない。そう思って抗ったのに、その抵抗もあえなく押さえ込まれ、奪うような情熱的なキスに諾々《だくだく》と押し流されて……。

この一ヶ月、泣いて泣いて泣き尽くして、もう涙も涸《か》れたと思っていた。血を吐く思いで断ち切ったつもりだった。なのに。

（一瞬で……）

思い出してしまった。蘇ってしまった。

まだ泣きたいほど彼を好きな気持ち。

彼を欲してやまない気持ち。

涙で視界がぼやける。彼の頬を叩いた手が痛い。

「酷い……藤王《なじ》……酷いよ！」

残酷な男を詰りながら廊下を走った。

校舎の北側の端までノンストップで駆け抜け——通い慣れた部屋のドアをノックもせずに開き、書架に囲まれた部屋の中に、いつもと変わらぬ怜悧《れいり》な西園寺を見た瞬間、堪えていたものが瓦解《がかい》する。

「……先生っ」

よろめくようにソファに近づき、革装の本を開いている西園寺の足下にがくっと膝をついた。

「どうした？」

めずらしくやさしい口調で訊いてくる男の脚に取《と》り縋《すが》り、嗚咽《おえつ》混《ま》じりに懇願する。

「変えて……ください。お願……っ」

さっきのキスで思い知った。

自分は外見ほどには変わっていない。

このままでは、いつまで経っても雅也を忘れられない。未練がましい想いを断ち切れない。

気まぐれで意地悪で残酷で、自分を傷つけることしかしないあの男を、それでも想ってしまう自分。そんな自分を捨ててしまいたかった。

外見と同じように、心も気持ちもすべて、西園寺に変えて欲しかった。

もう雅也のことを考えないように、全部、細胞の隅々まで作り変えて欲しい。

涙と一緒に哀願が溢れる。

「お……願い…………中も……変えて」

伏して肩を震わせていると、伸びてきた手で顎《あご》を掴まれ、仰向かされた。西園寺が身を屈《かが》めて、涙で濡れた忍《しのぶ》の唇に乾いた唇を重ねてくる。

雅也とはまるで違う、ひんやり冷たい唇に、忍はびくっと体をおののかせた。

びっくりして身を引く寸前、西園寺の唇があっさり離れる。

「中身まで変わりたいのなら、私にすべてを差し出す覚悟がなければ駄目だ」

厳しい声音にゆるゆると瞠目《どうもく》した。冷たく整った貌《かお》が、忍の本気を確かめるように念を押してくる。

「私と同じステージへ上がるために、これまで以上に努力できるか？」

忍は何度も首を縦に振った。

雅也を忘れるためならなんでもする。どんな努力も厭《いと》わない。

それで、この胸の痛みから解放されるのなら……。

それからの忍は、以前にもまして西園寺の許へ通い、長い時間を共に過ごすようになった。

西園寺の要求は厳しかった。海外で話題の本の原書での読破、英会話の向上、芸術に対する造《ぞう》詣《けい》を深めるノルマなどを課しつつ、それと同時に成績を落とさないことも求められたので、忍は昼に夜にまさにフル回転の日々を送った。

睡眠時間や自由時間は減ったけれど、忙しいのは却《かえ》って有り難かった。

次から次へとやることに追われていれば、雅也のことを考えずに済む。くたくたになって墜落するように眠れば、雅也の夢を見ることもない。

雅也とは、あれきり会話はなかった。

忍も極力見ないようにしていたが、向こうも避けている感じで、同じ教室内にいても前のように目が合わない。もちろん、あのキスの理由もわからないまま……。

（でもたぶん……嫌がらせだ。きっと機嫌が悪くて……）

結局、あれ以来一度も言葉を交わさないままに年が暮れ——新しい年になっても、状況は変わらなかった。

春になってクラス替えで組が変われば、もう話すこともない。その姿を目にする機会も減るだろう。そうすれば自然とこの痛みも薄れていって……いつかは忘れられる……きっと。

（今はまだジクジク疼《うず》くけれど）

「今日はこのあと松濤《しょうとう》に寄りなさい」

一月の中旬。三田《みた》にある老舗《しにせ》フレンチレストランで食事を済ませ、フレッシュハーブティーを飲んでいた時だった。ぼんやりと耐熱ガラスのカップを口許に運んでいた忍は、正面に座る男の言葉に物思いを破られ、両目を瞬《またた》かせた。

「………え？」

「話を聞いていなかったのか」

白皙《はくせき》がたちまち不機嫌になる。

「す、すみません」

「自宅に連絡をして、今日はうちに泊まると伝えなさい」

（これから松濤のお屋敷に？）

左手の腕時計にちらっと視線を走らせる。十一時二十分。こんな時間にお屋敷に行って何をするんだろう。第一泊まるって……？

戸惑う忍に、品定めをするような冷たい視線をしばし投げかけてから、西園寺が唇に薄い笑みを浮かべた。

「きみは思っていた以上に努力家で優秀な生徒だった。今までの仕上がりには満足だ。そろそろ次のステップに進んでもいい頃だろう」

（次の……ステップ？）

「私の作品をより完璧なものにするための、新たなプラクティスだ」

忍の困惑に気がついているのか否か。西園寺が悦《えつ》に入った表情で告げた。

——作品。

何かにつけて西園寺が口に出すその言葉に、忍はこのところ戸惑いを覚えるようになっていた。はじめは彼一流の比喩だと思っていたけれど……あまり頻繁に口にされると——。

「あの……新しいプラクティスってどんなものですか？」

思いきって尋ねてみたが、「屋敷に行けばわかる」と躱《かわ》されてしまった。

基本的に、西園寺は忍の意向を汲《く》むことはないし、九割方の質問は無視されるか、「今にわかる」と薄笑いではぐらかされる。どんな時も、イニシアティブは完全に西園寺にあった。

『この本を読みなさい。この服を着なさい。これを食べなさい』

頭ごなしの命令口調に逆らうことは許されない。まさしく教師と生徒の関係だ。

西園寺は知識も経験も豊富で、彼の指示に従っていれば間違いはない。ないけれど……。

まるで意思など存在しない人形のように扱われるにつれて、西園寺は本気で自分を人間だと思っていないのではないかという疑念が湧いてくる。

(確かに……中身まで変えて欲しいと頼んだのは自分だけど)

漠然とした胸騒ぎを覚えて、忍はテーブルの下の手をぎゅっと握り締めた。

15 × MASAYA

雅也《まさや》は荒れていた。

朝岡《あさおか》の一件があってからなんとなくその気にならず、繁華街から足が遠のいていたが、ここにきてふたたび夜遊びが復活していた。とはいえ、かつてのように数人でつるんでオールで騒ぐわけではない。

溜まり場に行けば同じように退屈した仲間がいて、適度なアルコールと馬鹿騒ぎでかったるい夜をやり過ごせるのはわかっていた。きっと長いつきあいの仲間たちは、ここ最近の不義理を責めることなく自分を迎え入れてくれるだろう。

わかっていても、その生ぬるい湯の中に身を沈める気分には、どうしてもなれない。どこがどうとははっきりとは言えない。だけど自分は、以前の自分とは違う。前みたいにその場凌《ばしの》ぎの馬鹿騒ぎで、自分の中の鬱屈《うっくつ》を誤魔化すことはできない。それだけはわかっていた。

仲間のところに逃げ込むこともできず、雅也はひとり、渋谷《しぶや》の雑踏を彷徨《さまよ》った。

目的は人肌だった。

馬鹿騒ぎはウザいくせに、ひとりで夜を過ごしていると無性に人肌が恋しくなり、居ても立ってもいられなくなるのだ。

焦燥《しょうそう》にも似た飢餓感に追い立てられるように、夜ごと街へ繰り出す。クラブで、カラオケで、目についた女に声をかければ、女たちはほぼ間違いなく誘いに乗ってきた。

だが、名前も知らないような女とセックスしたあとは、必ずと言っていいほど余計に虚しさが募った。

誰と寝ても頭に浮かぶのは、苦痛に泣きながらも必死にしがみついてきた細い腕。

まだ変身する前の――ダサくてなんにも知らない朝岡忍《しのぶ》。

自分の後ろを一生懸命犬のようについてきた。振り返った雅也が「来いよ」と呼べば、嬉しそうに走ってきた。手を繋《つな》ぐと顔を真っ赤にして、それでも遠慮がちに小さく握り返してきた。

小さな手から伝わってきたぬくもり。

もう、あの手は戻ってこない。

二度と、はにかんだ笑顔を向けてくれることはないのだ。

（わかってる）

自分が求めているぬくもりの持ち主が、手の届かないところへ行ってしまったことは頭ではわかっていた。しかもそれは誰あろう、自らが招いた結果なのだ。

自分が朝岡を裏切り、傷つけた。二度も。

——な……んで？

何度も何度もリフレインする、自分の悪態に傷ついた顔。

最後に会話を交わした際の、叩かれた頬の痛みが蘇ってきて、胸が潰れそうに痛くなる。

自己嫌悪と後悔が入《い》り交《ま》じった重苦しい感情が、体内をどろどろと渦巻いて、息ができなくなる。

苦しかった。

でもどんなに苦しいからといって、「許してくれ」と縋《すが》ることはできなかった。

生まれてから一度も他人に頭を下げたことがない雅也は、プライドを投げ出す術《すべ》を知らなかったのだ。

朝岡はまた変わった。

人の輪の中心にいることに慣れてきたせいか、戸惑いの色が消え、最近はしゃべり方や表情に落ち着きが出てきた。

生真面目なのは変わらないが、時折、ふとした仕種やさりげない視線に色香が滲《にじ》むことがある。普段がストイックなだけに、そんな時の朝岡はドキッとするほど艶《つや》っぽかった。

綺麗になるだけじゃなく、日々艶めいていく。それがあの美術教師の力だと思うと、制御できない激しい嵐が身の内に吹き荒れる。

のたうつほどに狂おしい激情の名を、それでもまだ雅也は知らなかった。

いや、知りたくなかったのかもしれない。

それを「嫉妬」だと認めてしまうのは、あまりに自分が惨《みじ》めで情けなくて、無意識のうちに考えないようにしていたのかもしれなかった。

いつしか雅也は、朝岡を避けるようになっていた。

西園寺《さいおんじ》によって変わっていく姿を目の当《まあ》たりにすれば、平静な気持ちではいられなくなる。いっそうの自己嫌悪に苛《さいな》まされる。

だから、教室でもなるべくその姿を視界に入れないようにした。声も耳に入れないよう距離を取った。授業時間以外は、できるだけ教室の外で過ごした。

だがそうやって現実の朝岡から逃げても、頭の中の、かつて毎日のように一緒に過ごしていた頃の朝岡の残像からは逃れられない。

携帯のナンバーを消去するように簡単には、自分の記憶はリセットできなかった。

×××

どんな遊びでも快楽でも紛らわすことができない、爆発寸前のフラストレーションを抱えつつ、雅也はその夜も渋谷の街をひとりで流していた。センター街《がい》から円山町《まるやまちょう》のクラブへ――お決まりのコースだ。

浴びるように酒をかっくらってグダグダに酔っぱらい、「ホテル行こうよ。介抱してあげるから」と絡みついてくる女の手を振り払うようにクラブを出たのは十一時前。

「……気持ち悪《わり》ぃ……」

この状態でタクシーに乗ったら確実に吐く。なので自宅まで歩くことにした。

渋谷の喧噪《けんそう》から離れると、深夜の高級住宅街に人気《ひとけ》はなく、住民はすでに寝静まっている。体の芯《しん》まで染み入《い》るような夜の冷気に、ぶるっと身震いした雅也は、両手を革のライダースブルゾンのポケットに突っ込んだ。

帰巣本能を頼りにふらふらと歩いていて、ふとY字路の前で足が止まる。雅也の家は向かって右側の道を十分ほど直進した先にあるが、左の道をまっすぐ行けば、西園寺の屋敷にぶつかることを思い出したのだ。

もしかしたら……今、そこに朝岡がいるかもしれない。年が明けてからほとんどまともに顔を見ていない朝岡に、西園寺邸に行けば会えるかもしれない。

そう思ったとたんに、熱い情動が込み上げてきた。

（……会いたい）

顔が……見たい！

大量のアルコールのせいか、学校では抑えつけている欲求が堰《せき》を切ったように体内を暴れ回る。

寒空の下、足踏みをしながら雅也は悶々《もんもん》と葛藤《かっとう》した。

（行って……どうなるよ？）

行ってみたところで、そこに朝岡がいるとも限らない。仮にいたとしても、会える保証もない。

頭ではわかっていたが、足が勝手に動き出してしまった。

ふらつく足取りで辿り着いた西園寺邸は、相変わらずの重量感で、闇の中にどっしりと横たわっていた。

塀《へい》を伝って正門に回り込み、鉄製の棒を手で掴む。柵状の鉄棒の間から中を覗き込み、目を凝《こ》らしても、見えるのは鬱蒼《うっそう》と生い茂る樹木だけ。朝岡が中にいるかどうかなんて全然わからない。

雅也は失望して、大きく息を吐いた。

「……何やってんだか」

嘆息混じりにひとりごちた時だった。特徴のあるエンジン音が後方から聞こえてくる。

振り向いた視界に、丸いライトが映り込んだ。徐々に近づいてくる光輪とエンジン音に、雅也はとっさに門から離れ、電柱の陰に身を隠した。

じっと身を潜めていると、やがてシルバーメタルのベントレーが現れる。

運転しているのは西園寺だ。その傍《かたわ》らに小さな白い貌《かお》を見つけた雅也は、息を呑んだ。

（朝岡！）

瞠目《どうもく》して朝岡を見つめているうちに鉄門が真ん中からふたつに割れ、ベントレーは敷地内に吸い込まれていった。

樹木の奥に消えていく車体をぼんやり見送って、鉄門が閉じるガシャンという音で我に返る。

直後、雅也は電柱の陰から飛び出した。閉じられた鉄門に飛びつき、揺すったが、案の定びくともしない。かといって無理矢理こじ開けたりしたら、セキュリティシステムが作動するだろう。中に入るためには塀を越えるしかない。

屋敷に忍び込んでどうしようというのか、そこまでは自分でもわかっていなかった。見つかれば警察に突き出されるかもしれない。失敗した時のリスクは重々承知の上で、それでもこのまま黙って引き返すことだけはどうしてもできない。

（早く中に入らねぇと）

焦燥に突き動かされ、西園寺邸の塀をぐるりと一周した雅也は、大振りの枝が塀と接している箇所を見つけた。ちょうど正門の裏手のあたりだ。

まず一メートルほどの高さの石塀に乗り上げた。そこを足場にして、今度は鉄でできたフェンスをよじ登る。

「……つぅ」

握った鉄柱の角が手のひらに食い込み、じわっと血が滲んだ。

痛みに歯を食い縛りながら手を伸ばして、フェンスの上から突き出ている枝を掴む。その枝を支えにして体をじりじりと引き上げた。フェンスの上に乗り上げ、何度もバランスを崩しつつも、どうにか敷地内の樹木に乗り移る。

樹木を伝って地上に降り立った時には、全身が汗でびっしょり濡れていた。

額の汗を拭《ぬぐ》い、林立する樹木の陰から屋敷の様子を窺《うかが》う。

(マジで洋館じゃん)

圧倒される思いで、雅也は三階建ての洋館を見つめた。

建物の一階部分以外で灯りが点《つ》いているのは、二階の一室だけ。

二階の角部屋——あそこが西園寺の私室だろうか。

今あの部屋に朝岡と西園寺がいる?

脳裏に「抱き合うふたり」が浮かんだ瞬間、カッと全身が熱くなった。畏怖も吹き飛び、衝動のままに走り出す。

闇に紛れて建物まで駆け寄り、冷たい石壁に背中をつけて、雅也は懸命に頭を巡らせた。

どうやって建物の中に入る？　窓から？　ガラスを割ったら速攻でセキュリティシステムが作動するよな……。

思案していると、すぐ近くでガタッと音がした。くるっと首を回し、音源を探る。

ガレージのすぐ横に小さな通用口があり、そこからコックコートを着た若い男が出てくるところだった。

男は重そうなポリバケツを抱えて、よたよたと敷地を横切っていく。

男が裏門を出ていくのを確かめてから、視線を戻して彼が出てきた通用口を見た。

ドアが開いている！

（ラッキー！）

通用口までダッシュして、半開きのドアをくぐった。分厚い絨毯《じゅうたん》が敷かれた長い廊下を足早に進み、まだ人の気配がする厨房《ちゅうぼう》の脇をそっと通り抜ける。

ここで誰かと鉢合わせしたら逃げ場がないと思うと、鼓動が乱れてじわっと脇の汗が染み出た。もし不審な侵入者として捕まっても、朝岡は庇ってくれないだろう。そう思ったら気が滅入《めい》ったが、それでも見えない何かに引き寄せられるように歩を進める。

と、永遠に続くかと思われた長い廊下が不意に途切れ、視界がいきなり開けた。

吹き抜けの空間だ。玄関前のホールらしい。

煌々《こうこう》と輝くシャンデリアと、赤い絨毯の敷かれた階段が見えた。

あの階段を上がった先に、朝岡と西園寺がいる。
ごくっと喉を鳴らし、雅也は階段を睨《にら》みつけた。

16 SHINOBU

もともと口数が多いタイプではないが、屋敷に戻る車中の西園寺《さいおんじ》は、いつにもまして寡黙《かもく》だった。

これから始まる「新しいプラクティス」がどんなものなのか、知りたかったけれど、とても質問できる雰囲気じゃない。

言われて仕方なく家に連絡を入れたけれど……お屋敷に泊まるのは、「変身」するための合宿以来だ。あの一週間以降は、西園寺はどんなに遅くとも十二時までには家に帰してくれていたので、今夜のイレギュラーな展開には戸惑いを隠せなかった。

重苦しい不安が澱《おり》のように降り積もるに従って、自分の顔が強ばっていくのがわかる。

今から「やっぱり帰ります」と言ったら怒るだろうか。そもそも言い出せる空気じゃないけれど。

(でも……なんだか嫌な予感がする)

西園寺は自分を変えてくれた恩人で、人生の手本となるべき恩師だ。その人の命令には逆らえない。強く出られないのは生来の性格のせいもあるし、一方的にいろいろしてもらってばかりで対価を返せていないという負い目のせいもあった。

質問の機を窺《うかが》っている間に、西園寺の運転する車は松濤《しょうとう》の屋敷に着いてしまった。

「お帰りなさいませ」

迎えに出た藤原《ふじわら》に、西園寺が無表情に告げる。

「今夜はもう下がっていい。飲み物も必要ない」

「かしこまりました。御用向きの際はお声をおかけくださいませ」

藤原が下がると、西園寺は、「来なさい」と、忍《しのぶ》を二階の一番奥にある私室へ誘った。先を行く西園寺の背中に黙って付き従い、突き当たりの重厚なドアに行き着く。

「先に――」

入れと促され、気乗りのしないままに渋々と部屋に足を踏み入れた。ほどなく背後でバタンと音がして、はっと振り返ると、西園寺が後ろ手にドアを閉めていた。続いてカチッと鍵が回る音が響く。

(なんで鍵を?……いつもはかけないのに)

「…………」

この私室に入るのは初めてではなかったが、こんなに遅い時間は初めてだし、何より西園寺が纏《まと》う空気がいつもと違うように思えて、なんだかひどく落ち着かなかった。

違和感と漠然とした不安がごちゃまぜになった居心地の悪さに、そっと膝を摺り合わせる。

気まずげに主室の中程に佇《たたず》む忍には構わず、西園寺はまっすぐ内扉へ向かった。寝室へ続くドアを開け、中に入ってスーツの上着を脱ぐ。

ウェストコートとトラウザーズという少しくつろいだ格好になった西園寺が、ドアまで戻ってくると、今まで聞いたことがないような甘くて昏《くら》い声を出した。

「こっちへおいで」

ぴくっと肩が揺れる。

「あ……の」

開け放たれた戸口に立って自分をじっと見つめる男から微妙に視線を逸らし、忍はこくっと喉を鳴らした。

「や、やっぱり僕……今日はもう……」

だが、最後まで言う前に、同じ台詞《せりふ》を繰り返される。

「こっちへおいで」

「さ……西園寺先……」

「こっちに来るんだ」

さっきまでの猫撫で声とは一変、有無を言わせぬ命令口調が発せられた。冷ややかな眼差《まなざ》しに射貫《いぬ》かれ、抗いの言葉を失う。

「来なさい」

数ヶ月に亘《わた》って主従関係にあったせいか、駄目押しの命令に逆らうことはできなかった。

冷たい輝きを放つ灰褐色の瞳に引き寄せられるように、忍はふらふらと西園寺へと歩み寄った。

まるで催眠術にかかったみたいに体が勝手に動いてしまう。

「よし……いい子だ」

すぐ側まで近寄った忍の腕を、西園寺が掴んだ。ぐいっと引き寄せられ、息がかかるほどの距離で向かい合わされる。

「このプラクティスで、きみは私の作品として完成する」

うっとりと囁《ささや》く男は、どこか自分の言葉に酔ったような恍惚《こうこつ》の表情を浮かべている。

「私に抱かれることで、きみは外見だけでなく、精神も体もすべて変わることができるんだ」

（……え？）

忍はゆっくりと両目を開いた。

だ、抱かれる？

プラクティスって……そういうこと⁉

ことここに至って初めてその意味を知り、血の気が引く。

明確な意図を持って近づいてきた西園寺の唇から、忍は顔を捻《ひね》って逃れた。以前に一度だけ、西園寺にくちづけられたことがある。あの時は不意打ちでされてしまったけれど。

（嫌だ）

この人とキスしたくない。されたくない。

「や……やめてくださ……」

「忍？」

西園寺が訝《いぶか》しげな声を出し、眉をひそめる。

「放して！　放してください！」

予期せぬ抵抗に苛立ったように、色素の薄い双眸《そうぼう》が輝《ひか》った。端整な貌《かお》に剣呑な表情を浮かべた男が、摑んでいた忍の腕を乱暴に引っ立てる。そのままずるずると引き摺られ、天蓋《てんがい》付きの寝台に着くやいなや、どんっと突き倒された。

「あっ」

悲鳴をあげて、寝台の上に仰向けに倒れ込む。起き上がる暇を与えず、すぐさま西園寺の体が覆い被さってきた。自分より身長もウエイトも勝る男に、体重をかけて両肩をベッドリネンに押しつけられてしまえば、身動きができない。

必死に身を捩《よじ》ってなんとか拘束から逃れようとしたが、押さえつける男の力のほうがずっと強かった。

雅也《まさや》とのホテルの一件が蘇ってきて体が震える。恐怖でじわっと涙が盛り上がった。

「や……放し…てっ」

涙声で懇願しても力は緩まず、余計にきつく押さえつけられる。

「おとなしくしなさい」

西園寺が低く命じたが、忍はもう命令に従わなかった。

かろうじて自由になる両脚をがむしゃらに動かして暴れる。

「や、だっ」

振り上げた膝が西園寺の腹部に入り、男の両目がすぅっと細まった。チッと舌打ちが落ちた直後、頬をパンッと平手で撲《は》られる。

「……ひっ」

「私に逆らうな」

憤《いきどお》りを孕《はら》んだ低音を落とした男が、自分が買い与えたシャツの合わせに手をかけ、力任せに引っ張った。繊細な細工の白蝶貝《しろちょうがい》のボタンが、ブツッ、ブツッと弾けて飛ぶ。剝ぐようにシャツの前をはだけられ、ひやりとした冷気を素肌に感じる。背筋を怖気《おぞけ》が這い上がり、涙で西園寺の整った貌が歪んで見えた。

いつも冷静沈着だった男の、突然の豹変《ひょうへん》。

恩人だと思っていた男に裏切られたショックで頭が霞《かす》む。だけど、感情ははっきりしていた。

（嫌だ……嫌だ……っ）

このまま抱かれるなんて絶対嫌だ！

雅也の時と違って、今この瞬間、自分を組み敷く西園寺に対しては嫌悪しかなかった。

嫌だ。この人は嫌だ。

この人じゃない！　違う！

そうじゃなくって……

（藤王《ふじおう》！）

脳裏に浮かんだその名を、忍はあらんかぎりの声で叫んだ。

「藤王！」

意味がないとわかっていても。彼が自分を助けてくれる確率など一パーセントもないとわかっていても。その名を呼ばずにはいられなかった。

「助けて！　藤王ーっ！」

17 × MASAYA

雅也《まさや》にその声が届いたのは、二階に上がったものの、左右に分かれてずらりと並ぶたくさんのドアを前にして途方に暮れていた時だった。

「藤王《ふじおう》！」

ぴくりと身じろぎをし、耳を澄ます。

(空耳？)

朝岡《あさおか》に会いたいという欲求が都合よく作り出した幻聴かと訝《いぶか》っていると、また聞こえてきた。

「助けて！　藤王ーっ！」

今度はさっきより大きく、しっかりとここまで届いた。

幻聴じゃない！

確かに朝岡の声だった。自分を呼んでいた！　助けてと！

確信を得ると同時に身を翻《ひるがえ》し、声の発信源と思われる右手突き当たりの部屋へ向かって走る。

——ここだ！

ドアノブに飛びつき、ガチャガチャと音を立ててやたらに回したが動かない。鍵がかかっているのだ。

「クソッ！」

苛立った雅也は周囲を見回した。廊下の一角に置かれた猫脚の飾りテーブルに目を留めると、大股で駆け寄り、卓上のアンティークの壺《つぼ》を薙《な》ぎ払《はら》う。落下した壺には一瞥《いちべつ》もくれずに、脚を掴んでテーブルを頭の上に抱え上げ、急ぎさっきの部屋まで戻った。ふたたびドアの前に立ち、躊《ちゅう》躇《ちょ》なく、力いっぱいテーブルを振り下ろす。

ガッ!!　ガッ!!

テーブルが砕け、ドアに裂け目ができる。すると今度はテーブルを放り投げ、ドアに向かって体当たりをかました。

バンッ！　バンッ！

バンッ!!

何度目かのトライで、激しい衝撃と共にドアが開いた。

部屋の中に雪崩《なだ》れ込《こ》み、主室に朝岡の姿を捜したが見つからない。追い求めたその声が聞こえてきたのは寝室からだった。

「やめてっ！」

悲鳴を聞くなり体の向きを変え、ドアが開け放たれた続きの部屋に突進する。

寝室に飛び込んだ雅也の視界に、天蓋《てんがい》付《つ》きの寝台の上で、西園寺《さいおんじ》が誰かを組み敷いている光景が映り込んだ。

「何してんだよっ！」

ぴくっと肩を揺らした西園寺越しに、仰向けに押し倒された朝岡と目が合う。

「藤…王…?」

信じられないというように大きく目を瞠《みは》った朝岡が、くしゃりと顔を歪ませた。涙声で「助けて」と訴えてくる。

「朝岡……っ」

寝台まで駆け寄った雅也は、虚を衝《つ》かれた表情の西園寺の肩を鷲摑《わしづか》みし、「退《ど》けよ!」と強引に引き剝がした。よろめく男の胸をどんっと突き、押し退ける。西園寺とポジションを入れ替わるように、朝岡の顔を覗き込んだ。

「大丈夫かっ?」

まだどこかぼんやりした顔が、それでもこくこくとうなずく。

涙で汚れた頰と、ボタンが飛んだシャツ、そこから覗く白い胸を見たとたん、頭にカーッと血が上った。怒りに震えながら革のライダースブルゾンを脱ぎ、脱いだそれを朝岡の肩にかける。

そのまま抱き締めたい衝動を堪《こら》えて寝台を下りた雅也は、くるりと踵《きびす》を返し、背後に立つ西園寺に詰め寄った。

「何やってんだよ、あんた!」

ひと回り以上年上の教師を怒鳴りつける。

「嫌がる生徒に何してるんだって訊《き》いてんだよっ」

激高する雅也とは対照的に、西園寺は悪びれるでもなく無表情だった。雅也が寝室に飛び込んだ時は不意を食らった様子だったが、すぐに平素の自分を取り戻したらしい。

「きみこそ礼儀がなっていないね。藤王雅也くん」

嫌みっぽい口調でフルネームを口にしてから、額に落ちた前髪を掻き上げる。

「不法侵入までして追ってくるなんてまるでストーカーだな。そんなに忍《しのぶ》が欲しいのか？」

「なっ……」

「忍は私が造り上げた私の作品だよ」

その台詞《せりふ》に、寝台の上の朝岡が首を左右に振った。だが、当人の否定など歯牙《しが》にもかけず、西園寺は言葉を継ぐ。

「私の色に染まってしまったものでも、きみはいいのか？」

『作品』だとか『もの』だとか、朝岡を人間扱いしているとは思えない西園寺の物言いに腹が立ち、雅也は「朝岡は朝岡だ！」と噛みつくように言い返した。

「そりゃ見た目は変わったけど、根本の部分は変わってない！　生真面目で不器用で、馬鹿がつくほど人がよくっ…」

「だからきみに弄《もてあそ》ばれた」

「……………っ」

痛いところを突かれ、ぐっと詰まる。西園寺がじわりと双眸《そうぼう》を細めた。

「きみに騙《だま》され、深く傷ついた忍は泣きながら『変わりたい』と私に訴えてきた。別人のように変わって、自分を利用し、笑いものにしたやつらを見返してやりたいと」

その説明に胸がずきっと痛む。

そうなのか？　俺を見返すために、おまえは変わったのか？

問いかけるように寝台の上の朝岡を見ると、何かを訴えかけるような眼差《まなざ》しでじっと見つめ返してきた。その澄んだ瞳の中に答えを探そうとしたけれど……見つからない。

「だから私は、忍の復讐《ふくしゅう》に手を貸してやったんだ。忍は優秀な生徒で、私のほぼ理想形に近づきつつある。あと一歩だ。あとほんの少しで完成する」

どこか陶然とした表情でひとりごちる西園寺に視線を戻し、雅也は首を横に振った。

「変わったけど……本質は変わってない」

変わっていないと思いたかった。

この高慢な男の手によって、朝岡のすべてが変えられてしまったとは思いたくなかった。

「本当にそう思っているのか？　きみだって変わる前の忍なら欲しがらなかったはずだ。そうだろう？」

「違う！」

思わず大きな声を出すと、男が唇の片端を皮肉げに持ち上げた。

「違う？　私が変える前は野暮ったい田舎者と馬鹿にして蔑んでいたくせに」

「そうじゃない！　俺は一番はじめからこいつが……っ」

――好きだったんだ。

朝岡を指差して叫びかけた言葉を、雅也は途切れさせた。

口を中途半端に開いた状態で、ゆるゆると両目を見開く。

（……好き？）

学園一ダサいやつにマジ惚れなんて、かっこ悪くて死んでも認めたくなかった。

でも本当は……。

最初から朝岡に魅《ひ》かれていた。

一生懸命自分を追ってくるひたむきさに。

自分だけを見つめてくる一途な瞳に。

時折浮かべる、不器用な笑顔に。

「まさか昔の忍のほうがよかったなんて言い出すんじゃないだろうね」

端整な顔に冷笑を浮かべて、西園寺が言った。

「きみは自分を正当化したいだけなんだよ。忍が美しく変わったから欲しくなった。おかしなことじゃない。人間なら誰しも抱く至極真っ当な欲望だ。誰だって美しいほうがいいに決まっている。側に置くならば綺麗なもののほうが……」

「朝岡を『モノ』扱いするな！」

怒鳴りつけ、雅也は目の前の男に掴みかかった。だが、胸倉を掴もうとした手をパンッと弾かれる。

「忍は私のものだ。はじめの質問に答えようか。自分のものに何をしようが私の勝手だ」

その傲慢《ごうまん》な台詞を聞いた瞬間、憤怒《ふんぬ》で頭が真っ白になった。震える拳《こぶし》を振り上げる。

「このエロ教師っ」

殴りかかった拳は、西園寺にあっさり躱《かわ》された。前のめりになった上体を立て直した雅也の前で、西園寺がすっとボクシングの構えを取る。

（こいつ……）

堂に入ったポーズに眉をひそめた直後、インテリ然とした佇《たたず》まいからは想像もつかない、切れ味のいい右ストレートが繰り出された。

「うあっ」

かろうじて紙一重でスウェーしたが、ほっとする間もなく左が襲いかかってくる。今度もギリギリ避けた。さらに西園寺は、ジャブ、フック、ストレートの見事なコンビネーションで攻めてくる。

（強《つえ》え……素人《しろうと》じゃねえ）

対する雅也は、ジムでボクササイズはやっていたが、実際に人を殴った経験はない。

自然と防戦一方になり、じりじりと後退していく。ついには壁際に追い詰められてしまった。

「さっきまでの威勢はどうした？」

嘲笑を浮かべた西園寺が挑発してくる。

「畜生っ」

到底勝ち目はないが……せめて相討ちにしてやる！

腹をくくり、繰り出した渾身《こんしん》の一撃は、しかし空を切った。あっと思った瞬間、西園寺の強烈なストレートが腹に減《め》り込《こ》む。

「ぐ……え……っ」

臓腑《ぞうふ》を抉《えぐ》られるような衝撃に息が止まった。

「藤王!!」

朝岡の悲鳴を耳にゆっくりと足許《あしもと》から頽《くずお》れる。両手で鳩尾《みぞおち》を押さえた格好で、雅也は絨毯《じゅうたん》にごろりと転がった。脂汗がじわっと滲《にじ》み、生え際を濡らす。

「藤王！　大丈夫!?」

朝岡の安否を気遣う声に応《こた》えることもできない。しばらく悶絶してから、やっと息ができるようになり、のろのろと顔を上げた。

生理的な涙で霞《かす》んだ視界に、ピカピカに磨き上げられたプレーントゥが映り込む。西園寺の象徴のような、その革靴に無意識に右手を伸ばし、脚を掴んだ。

頭上から、チッと舌打ちが落ちてくる。脚を掴んでいないほうの左手を、靴の踵《かかと》で思いきり踏みつけられた。

「いっ……」

眼裏《まなうら》で火花が散る。

「その薄汚い手を放せ」

「誰……が、放すか……よ」

「……クズが」

忌々しげな声で唾棄した西園寺が、体重をかけてグリグリと踏みにじってきた。手のひらに圧力がかかり、屋敷に忍び込む際にできた傷口がめりっと開く。

「……っ……」

激痛に顔を歪めながら、死んでも放すものかと、脚を摑んだ右手に力を込めた時だった。

「やめてっ！」

西園寺の脚から、どんっと何かがぶつかるような衝撃が伝わってきて、顔を振り上げる。

朝岡が、西園寺の背中にしがみついていた。

(朝岡？)

「放しなさい、忍」

西園寺の命令に、朝岡は思い詰めた蒼白な顔を左右に振る。

「放しなさい」

「嫌です」

「忍！」

逆らわれた男が、めずらしく感情的な声を出した。

「こんな男を庇うのか？　おまえを弄んで笑いものにした男だぞ！」

朝岡の肩がぴくっと震え、色のない唇がわななく。

「おまえが受けた傷はこんなもんじゃない。そうだろう？」

その糾弾に胸が痛んだ。

そうだ。朝岡が受けた心の傷は、こんな痛みで相殺《そうさい》できるもんじゃない。こんなレベルで自分のしたことが贖《あがな》えるなんて、思っていない。

（……そんなのわかっている）

「こいつに捨てられたおまえに救いの手を差し伸べたのは私だ。違うか？」

憤りを押さえつけようとしているのがわかる西園寺の声に、朝岡が唇を噛み締めた。

「……違いません」

「ならばなぜこんな男を庇う⁉」

「……わかりません」

「忍っ」

苛立つ西園寺に、朝岡が泣きそうな顔で訴える。

「でも……藤王の傷つく姿は見たくないんです」

(え?)

ふたりのやりとりを息を詰めて見つめていた雅也は、朝岡の返答に両目を瞠った。

今、なんて言った……?

俺の、傷つく姿は……見たくない?

西園寺の表情が、見る間に険しくなった。憤懣《ふんまん》やるかたないといった面持ちで、朝岡の腕を手荒く振り払う。それと同時に、雅也の左手から脚を退けた。

「朝岡くん、きみには心底失望したよ」

氷のような低音で朝岡を非難した西園寺が、次に雅也を冷ややかに見下ろす。

「この若造が言うとおり、根本は変わっていなかったということか」

憮然と吐き捨てると、破壊されたドアを指さし、「警察を呼ばれる前に出ていけ」と命じた。

「ふたりとも、二度と顔も見たくない」

雅也《まさや》に手を引っ張られ、ふたりで逃げるように西園寺《さいおんじ》の屋敷を出た。

裏門から人気《ひとけ》のない路地に飛び出し、見えない何かに追われるみたいに全速力でひた走る。一度も後ろを振り返らず、住宅街を走り抜けた。

だがさすがに十分以上ぶっ通しで走り続けていると肺が苦しくなり、足ももつれてくる。

「も……無理……駄目っ」

自分をリードする雅也に訴えて、忍《しのぶ》は徐々にスピードを落とした。手を放してもらい、近くのガードレールにもたれかかる。

「はぁ……はぁ」

胸を大きく喘《あえ》がせ、息を整えていると、「朝《あさ》……岡《おか》」と掠《かす》れた声が呼んだ。

呼ばれたほうを振り向き、道端で蹲《うずくま》っている雅也を捉《とら》える。鳩尾《みぞおち》を押さえて蹲る姿を見て、ついさっき西園寺に腹部を殴られていた映像《シーン》が蘇った。

あわててガードレールから身を剥がし、雅也に駆け寄る。

「大丈夫？　お腹《なか》が痛い？」

項垂《うなだ》れている顔を覗き込んで問いかけたが……返事がない。もしかして内臓が傷ついちゃったんだろうか。まさか内臓破裂、とか。

最悪のケースを思い浮かべて背筋が冷たくなった。

（どうしよう）

雅也が体を張って自分を助けてくれたのはすごく嬉しかった。

なんであのタイミングで部屋に飛び込んできたのか、どうやって屋敷の中に入ったのかは謎だけど、嬉しかったことには変わりない。

でもそのせいで雅也が怪我《けが》をしたり、後遺症が残ったりしたら……。

その可能性に居ても立ってもいられない気分になり、忍はアスファルトに片膝をついた。

「救急車、呼んだほうがいいかな？」

もう一度雅也の顔を覗き込もうとして、不意に伸びてきた手で腕を掴まれる。

「………っ」

俯《うつむ》いていた雅也が顔を上げた。

「藤《ふじ》……王《おう》？」

薄茶の双眸《そうぼう》にまっすぐ射貫《いぬ》かれ、トクンと心臓が跳ねる。

さっきまで西園寺から逃れることで頭がいっぱいで、それどころじゃなかったけれど。

今——雅也とふたりきりなんだ。

意識した瞬間、急激な胸苦しさを覚え、やっと収まりかけていた鼓動がふたたび走り出す。

すぐにでも雅也の手を振り払って逃げたい衝動を堪《こら》え、忍はできるだけ平静な声を出した。

「手を放して」

けれど「お願い」は聞き入れてもらえない。どころか握り込む力がいっそう強くなった。きつく握られた部分が熱を持ち、鼓動がどんどん速くなっていく。

(……落ち着け)

奥歯を噛み締め、忍は自分に言い聞かせた。

昔の自分とは違う。様々な経験を積んで大人になった。変わったのだ。

もう以前のように、何かあるごとにいちいち無様にパニクっていた朝岡忍じゃない。

「放して。藤王くん」

自らに平常心を課し、落ち着いた声でもう一度告げる。

「藤王くん……聞こえてる?」

「…………」

答えの代わりに、雅也は忍の腕を掴んだまま立ち上がった。思い詰めた顔つきの雅也にぐっと腕を引っ張られ、腰を落として踏ん張る。

「藤……藤王っ……ちょっ……待って!」

最後にはいちオクターブ高い声を張り上げ、動くまいと抗ったが、雅也の力のほうが断然強く、ずるずると引き摺られてしまう。

(だ、誰かっ)

叫びたいのに、どうしても声が出なかった。

圧倒的な力で忍を引き摺りながら、雅也の背中は一度も振り返らない。

「ねぇ……痛い。腕が痛いよ」

腕のつけ根の痛みを訴えたが、歩みは止まらなかった。

「どこに……行くの？」

「…………」

完全無視。

確固たる目的意識を持った、その揺るぎない歩みが、忍の胸の中に漠然とした恐怖心を湧き起こす。

どこに行こうとしているのか。何を考えているのか。

わからない。雅也がわからない。

ほんのちょっと前は身を挺《てい》して自分を護ってくれたのに。今はまた、意地悪で自分勝手な雅也に戻ってしまった。

どっちが本物の雅也なのか？

混乱しつつも強引な手に引かれているうちに、周囲の景色が住宅街から雑居ビル群へと変わっていく。ほどなく視線の先に、普通のビルとは趣が異なる白い建物が見えてきた。

（……ここ）

ネオンを戴く白壁のホテルを捉《とら》えた忍の口から、声にならない悲鳴が漏れる。

あの時のホテルだ！

気づくのと同時、記憶の底に封印したはずの惨《みじ》めな過去が脳裏にフラッシュバックしてくる。

初めてのセックス。

「好きだ。忍が欲しい」——偽りの言葉に抵抗を封じられ、後ろを犯され、痛がって泣きわめくみっともない姿を撮られた。

挫折の連続だった十七年の人生においても、史上最低最悪の記憶。

忌まわしい初体験の記憶に囚われ、足が竦《すく》む。

「や……だ……嫌だ」

首を大きく振りながら、忍はその場にぐずぐずとしゃがみ込んだ。

「嫌だ！　ここは嫌っ」

恥も外聞もなく、いやいやを繰り返す。

もう取り繕う余裕はなかった。

少なからず自信をつけて変わったはずの自分は、すっかり消えてしまっていた。

昔の駄目な朝岡忍に戻って、「やだ、やだぁ！」と泣きわめく。

それでも雅也は許してくれなかった。唇を一文字にした怖い顔で忍を引っ立てる。

「い……っ」

叫ぼうとする口を手のひらで塞がれた。横抱きにされ、強引にホテルの裏口まで引き摺られる。

戸口を前に最後の抵抗を試みたが、結局は力で負け、中へ連れ込まれた。

非常階段の下で、荷でも担《かつ》ぐみたいにひょいと肩に担ぎ上げられる。

「降ろせっ！　降ろしてよっ」

手足をばたばた動かして暴れる忍を、まるで意に介さず、しっかりとした足取りで階段を上がった雅也は、二階の非常口から建物の中に入った。人気《ひとけ》のない廊下を揺るぎなく進み、あの夜と同じ突き当たりの部屋の前で足を止める。ジーンズのポケットから取り出したカードキーをホルダーに突っ込み、乱暴にドアノブを回した。

部屋の中へ大きく踏み込むと、そのまま中程のダブルベッドまでまっすぐ歩み寄り、担いでいた忍をどさっと落とす。

ベッドリネンに仰向けに落っこちた忍は、スプリングに沈む体を必死に回転させた。ベッドの上に四つん這いになり、這って逃げようとしたが、果たす前に足首を摑まれてしまう。ぐいっと引き寄せられ、覆い被さってきた雅也に、背中から抱き竦められた。

「放せっ……放せよっ！」

大声でわめいて体を左右に捩《よじ》っていると、耳許《みみもと》に掠れ声が落ちる。

「……好きだ」

「……嘘！」

忍は叫んだ。

「好きだ」

もう一度繰り返される。

「嘘だっ」

そんな言葉に二度と騙されない！

騙されるもんか。

そう言って犯して笑いものにしたくせに。

甘い言葉も、やさしい笑顔も全部嘘だったくせに！

（絶対……二度と信じないっ）

そう思うのに——雅也の声は、置いてきぼりにされた子供みたいに頼りなく震えていて……。

縋《すが》りつくように抱き締めてくる腕と、密着した背中から伝わる震え。

「忍……好きだ……好きだ」

切ない声で「好きだ」と繰り返されるにつれて、毒でも回ったみたいに頭が痺れてぼぅっとしてくる。強ばっていた体から力が抜ける。

変わったつもりでいたのに、何も変わっていなかった自分。

思い知らされる。

まだこんなにも雅也が好きなこと。

細胞のひとつひとつがこの男を欲していること。

思い知らされて、涙が溢れた。

ベッドリネンをぎゅっと握り締め、肩を揺らして忍は泣いた。

「う……ぅ、う……」

「忍……」

涙で濡れた顎《あご》を摑まれ、顔をそっと捻《ひね》られる。嗚咽《おえつ》に震える唇に、雅也の唇が重なってきた。

「泣かないで……忍……」

「……ひっ……く」

しゃくりあげる忍を宥《なだ》めるようなやさしいキス。

「泣くなよ……な？」

頭を撫でられ、キスであやされ、少しずつ咽《むせ》び泣《な》きが収まってきた。

それを感じ取ってか、髪を弄《まさぐ》っていた雅也の手がゆっくりと下がり、忍の革のライダースブルゾンにかかる。自分で着せた、本来は自分のものであるライダースブルゾンを脱がせた雅也が、それをベッドの下へ放り投げた。続いて、これは西園寺が買い与えた革靴に手をかけて脱がす。片足ずつ、やはり床に投げた。その間、泣き疲れた忍は、されるがままにぼんやりと身を任せていた。

シャツとボトムだけになった忍を回転させ、向き合わせた雅也がもう一度キスをしてきた。今度は唇を割って、熱い舌が口の中に入り込んでくる。

「ん……んっ」

お互いにベッドの上に膝立ちした状態で、深く唇を重ね合った。きゅうっときつく舌を吸い上げられ、ぞくっと背筋が震える。甘噛みされたり、ねぶるように啜《すす》られたり——少し荒っぽくて甘いキスに、いつしか忍は我を忘れて翻弄《ほんろう》された。求めに応じて、たどたどしく舌を絡める。舌を絡め合い、まさぐり合う、くちゅくちゅと濡れた音が鼓膜に響いた。

「……ふっ……」

唾液の糸を引いて、くちづけを解《と》かれる。

雅也の熱い唇が、ちゅっ、ちゅっと短いキスを落としながら耳へ移動した。耳朶《じだ》を舌で嬲《なぶ》りつつ、胸のあたりを指先で撫でさすってくる。シャツの上から探り当てた乳首を摘まれて、びくんっとおののいた。両方の胸をいっぺんに、擦り立てるみたいに捏《こ》ねられる。

「んっ……やっ……あ」

それだけでものすごく感じてしまい、はしたない声が溢れてしまうのを堪えられない。

「尖《とが》ってきた」

その弾力を確かめるみたいに引っ張られて、「あっ」と嬌声《きょうせい》が零れた。

「……気持ちいい？」

雅也が耳殻《じかく》に熱い息を吹き込んでくる。

興奮を帯びた声。ぴったりと密着した彼の下半身は、もう形を変え始めていた。熱い昂《たかぶ》りを押しつけられて、忍自身も急速に体温が上昇する。

「ね……舐めたい。舐めていい？」

訊《き》くなり返事を待つのももどかしいというように、雅也が性急に忍のシャツを胸の上までたくし上げた。顔を寄せて、右の乳首を口に含む。熱い粘膜に覆われると同時に左を指先で摘まれて、忍はぶるっと身を震わせた。

舌先で転がされ、指で弄られる。種類が違うふたつの刺激の波状攻撃に、先端がジンジンと痺れた。

「忍の乳首……小さいのにコリコリしてて……すごくかわいい」

乳首を含まれた状態で囁《ささや》かれ、振動がぞくぞくとした震えとなって背筋を這い上がる。

「乳首で……感じるの？　舐められると感じちゃう？」

「んっ……あ、んっ」

口と指で散々に喘がせて漸《よう》く満足したのか、雅也がぷっくりと腫《は》れ上《あ》がった乳首を解放した。今度は忍のボトムのベルトを外し、ファスナーを下ろす。そうしていきなり下着ごとボトムを膝までずり下げた。

「やっ……」

胸への愛撫ですでに張り詰めていた性器を剝き出しにされ、悲鳴が飛び出る。あわてて股間を隠そうとしてバランスを崩し、ぺたんと尻餅をついた。すかさず伸し掛かってきた雅也に、膝を

摑まれ、脚を割り広げられる。

「……ッ」

大開脚に羞恥《しゅうち》を覚える間もなく、半勃《はんだ》ちのペニスを口に含まれた。

「ひっ……」

（く、口で……っ）

熱く濡れた口腔内に包まれ、頭の芯がジンと痺れる。晩熟《おくて》の忍とてフェラチオの存在は知識として知っていた。知ってはいたけれど、現実に自分が体験するとなると、想像以上の衝撃だった。しかも、それをしているのは雅也なのだ。

こんなの嫌じゃないいんだろうか。同じ男のものをしゃぶるなんて……。

「あ……あ……あ」

混乱している間にも、雅也の舌が軸に絡みつき、じゅぷじゅぷと水音を立てて舐めねぶる。舌で敏感な裏の筋をざらっと舐め上げられ、腰がびくんっと跳ねた。つぷっと溢れた蜜を舌先で舐め取られ、わざとのようにじゅくっと大きな音で啜《すす》られる。初めて知る強烈な快感に、眦《まなじり》が熱を持ち、黒目が潤む。

「……いい？」

くぐもった声で問われ、コクコクと首を縦に振った。

「い……いい……っ」

こんなに気持ちいいの……初めて。

雅也の口でされていると思っただけで、すごく感じる。恥ずかしいくらいに感じる。

舐められている部分から、とろとろに蕩《とろ》けちゃいそうだ。

「口でされるの……気持ち……いい？」

「んっ……気持ち……いい」

忍の返答によりいっそう愛撫が激しくなった。ひたむきとも言える一生懸命さで動く形のいい雅也の頭を、忍は涙で霞《かす》んだ双眸でぼうっと見つめる。

（藤王……）

不法侵入で捕まるリスクを顧みず、西園寺の屋敷に乗り込んできて助けてくれた。そのあとホテルに強引に連れ込んで、自分を抱こうとしている——雅也の真意がわからない。

興味本意なのか？

それとも他に理由があるのか。

だけど忍はもう、それらの疑惑を深く突き詰められなかった。

——泣かないで……忍……。

耳許に囁かれ、キスをされた瞬間から、思考は止まってしまっていた。

「好きだ」なんて、なんの裏付けもない言葉に流されて、また利用されるだけかもしれない。後悔して泣くことになるのかもしれない。

快楽に流される自分は弱い。

でも……それでもいい。

（もう……何も考えられない）

舌でねっとりと愛撫しながら、雅也の指が後ろの窄《すぼ》まりを探ってくる。硬く口を閉じた後孔《こうこう》をこじ開けようとするが、忍が必要以上に力んでいる上に湿り気がないので、すんなりとは中に入っていかない。

――と、焦《じ》れたらしい雅也が、口を離し、忍の体をくるりとひっくり返した。なんだろうと身構えた次の瞬間、尻のふたつの丸みを割られ、露《あらわ》にされた後孔に、何かがぬるっと触れてくる。

すぐには何が起こったのかわからなかった。だがやがて、その「何か」の正体に気がついた忍は、「だめっ」と上擦った声を発した。

「……そんなの……汚いっ……」

放してと懇願し、いやいやと半狂乱で暴れたが、雅也の手にがっしりと腰を押さえつけられていて動けない。強く固定されたまま、結局は、周辺だけでなく中まで濡らされてしまった。

恥ずかしい場所を舌でまさぐられたショックにぐったりしていると、唾液でたっぷり湿らされたそこに、今度は指が入ってくる。

「あッ」

ビクンッと全身がしなった。骨張った長い指を出し入れされ、体の中を掻き回す異物感に眉をひそめて耐えているうちに、ほどなくぴりっとした電流が走る。

「そ、こっ……あっ」

以前も、その場所を指で擦られてすごく感じたことを体が思い出す。

「ここ……感じる？　いい？」

「っ、あんっ」

手応《てごた》えを感じたかのように、雅也が反応の著《いちじる》しいポイントを重点的に責めてきた。そこを刺激されると、なぜか快感のツボを押されたみたいに腰が無意識に揺れてしまう。

「んっ……ふ、……んっ」

すすり泣きのような甘ったるい嬌声が止まらない。

「中、すっごいうねってる……」

雅也が興奮を帯びた声を出した。

「俺の指、締めつけてるの、自分でわかる？」

「わか……ない」

わからないけど、指で掻き混ぜられた粘膜がひりひりと痺れて、ものすごく熱くなっているのはわかる。

いまや完全に勃ち上がった欲望の先端から、先走りの透明な蜜が溢れ、とろとろと軸を滴っていく。いつの間にか下生えの薄い茂みまでしっとり湿っていた。

「すっげえ……トロトロ……」

口に出して指摘され、じわっと赤面した刹那《せつな》、雅也が指を抜く。股間に沈めていた体を摺り上げて、忍の顔を覗き込んできた。

「感じてる忍って……かわいい」

蕩けそうな甘い声で囁き、熱っぽい眼差《まなざ》しでじっと見つめてきた。

雅也こそ、瞳が濡れてキラキラと光って……男なのに綺麗。

艶《つや》めいた美貌にうっとり見惚れていると、肉厚の唇が覆い被さってきた。

ベッドの上でぴったりと体が重なり合う。硬く引き締まった筋肉の感触と、下半身に猛々しい昂りを感じて、じわっと体温が上がった。

（どうしよう）

雅也が欲しい。欲しくてたまらない。

浅ましい欲望を口に出すことは恥ずかしくてできず、潤んだ目で訴えると、雅也がじわりと双眸を細めた。

「ちょっと待ってて」

そう言ってしなやかなバネで半身を起こし、着ていたカットソーをワンアクションで頭から脱ぎ取る。上半身裸になり、ジーンズのファスナーを下ろし、こちらも下着と一緒に脱ぎ捨てた。

（……すごい）

均整の取れた理想的な裸の股間で、すでにもう充分な質量を持った欲望が天を仰いでいる。

反り返った形のいい性器を思わず凝視してしまう忍の手を掴み、雅也が自分の股間に導いた。

少し強引に握らせて、「ごめん、すげぇデカくなってる」と囁く。

「…………」

確かに握らされた欲望は、初めての時より大きかった。しかも火傷《やけど》しそうに熱い……。

「俺、なんかヤバいくらいに興奮しちゃってる……だからあんまり上手くできないかもしれないけど……でも忍とエッチしたい」

欲情に濡れた瞳で、雅也が切々と訴える。

「忍が欲しい」

手の中の熱い欲望と同じくらい、その切羽詰まった声に感じてしまい、腰の奥がじんわり疼《うず》いた。

「忍の中に……入ってもいい？」

掠れた声の伺いに、こくりと小さくうなずく。

あの時の痛みを体が覚えているから、臆《おく》する気持ちがないと言えばそれは嘘だ。

でも、畏怖を上回るほど、今は雅也が欲しかった。

喉をごくっと鳴らした雅也が、忍の内股に手をかけ、脚を大きく割り開く。舌と指で解《ほぐ》された後孔に、先走りで濡れた先端を宛《あて》がわれた。

「いくよ？」

直後、狭い入り口をぐっと押し開かれ、忍は息を呑んだ。たくましいもので、めりめりと体を割り開かれる衝撃に、体じゅうの毛穴からどっと冷たい汗が噴き出す。

「いっ……」

「痛い？　ごめん……でも、もう……止まらない」

自分も苦しそうな声で囁いた雅也が、苦しさに喘ぐ忍の唇を唇で塞いだ。それと同時に、痛みに萎えたペニスを摑み、ぬるぬると扱《しご》く。

「っ……あっ……んっ」

前への刺激とキスで忍をあやし、宥めながら、ゆっくりと身を進めてきた。

「……ふっ……」

最後は腰を揺するようにして、根元までぴっちりと埋め込む。

「全部……入った」

ほっとしたような声に、忍も胸を忙《せわ》しく喘がせた。ふたりとも全身汗だくだ。

お腹の中いっぱいの雅也は苦しかったけれど、また繫がることができたのは嬉しかった。

もう二度と、こんな日は来ないかと思っていたから。

忍の眦の涙をちゅっと吸ってから、雅也が「動いていい？」と訊く。

「……ん」

雅也が忍の膝裏を摑んで動き始めた。灼熱の楔《くさび》で体の内側を擦られる感覚に、喉から声にならない悲鳴が漏れる。圧迫感がすごい。忍は背中でずり上がりそうになる自分を堪え、雅也の濡れた背中に手を回した。

はじめは慎重で緩やかだった抜き差しが、次第に速くなっていく。抽挿《ちゅうそう》のたびに結合部から聞こえる、ぴちゅっ、くちゅっという水音も激しくなった。

「ん……んっ……あんっ」

腰を深く入れて奥を小刻みに突かれていると、やがてそこからぼんやりとした何かの兆《きざ》しが生まれる。初めての時にはなかった感覚だ。肌が粟立《あわだ》ち、粘膜が甘くざわめくようなそれが快感だと気がついた瞬間、ペニスの先から白濁混じりの体液がとろりと溢れた。

秒速で高まっていく官能に、無意識にも内襞がうねり、雅也に絡みつく。

「忍……すごいっ……きゅうって締まる」

中の雅也がぐうっと膨張して、いっそう大きくなった。その甘苦しさに「んっ」と鼻から息が抜ける。耳にかかる荒い息や、首筋から滴る汗にさえ感じる。膝が肩につくくらいに脚を深く折り曲げられ、荒々しく揺さぶられて、忍は喘ぎ泣いた。

「あっ……ひっ……ん」

無理な体勢に体が軋《きし》んで痛いけど、そんなことどうでもいいと思えるほど、ものすごく感じる。泣きそうなくらい……いい。

（……好き）

やっぱり……好き。

断ち切れない。どうしても。

どんなに意地悪でも。その心が自分になくても。

雅也が好き。大好き……！

「雅也……雅也ぁ」

込み上げる切ない恋情のままに名前を呼んで、首にしがみついた。密着した雅也の腹筋が引き締まり、ぎりぎりまで引き抜いた屹立を叩きつけるように突き入れてくる。喉が大きく反り返った。頭が眩《くら》み、一気に射精感が高まる。

「あ……も、……い、く。いっちゃう……ッ」

「忍……俺も……出るっ」

ぎゅっときつく抱き締められた瞬間、雅也がぶるっと胴震いして――体の一番奥で弾ける。

「あっ……あぁ――っ」

熱い飛沫《ひまつ》で最奥《さいおう》を濡らされながら、忍は生まれて初めて知る高みへと押し上げられていった。

19 × MASAYA

　一度では満足できず、立て続けにもう一度抱き合った。二度目は一度目より少し余裕ができたので、朝岡《あさおか》の体のすべてを余すところなくじっくり丁寧に愛撫して、繋がってからも一度目より長く深く、たっぷり愛し合った。

　抱き合っている間ずっと甘い声で啼《な》き続《つづ》け、今は泣き疲れたようにぐったりと俯《うつぶ》せている朝岡に身を添わせながら、そのやわらかい髪を指で梳《す》く。

（……忍《しのぶ》）

　涙の痕が残る白い横顔を、雅也《まさや》はじっと見つめた。

　あの時、西園寺《さいおんじ》にしがみつき、泣きそうな顔で訴える朝岡を見て、それまでのもやもやしたわだかまりや葛藤《かっとう》がすべて吹っ切れた。

　――でも……藤王《ふじおう》の傷つく姿は見たくないんです。

　その言葉を聞いて胸が震えた。

　胸の底から込み上げてくる、狂おしくも熱い想い。

　好きだ。男同士でも関係ない。他の誰でもない。朝岡が好きだ。

自覚したらもう一秒も待てず、今すぐにでも朝岡が欲しくて、衝動的にホテルに連れ込んでしまった。

夢にまで見た、細くてしなやかな体を抱き締め、彼こそが求めていた相手だと痛感した。

感じやすくて熱い体に煽《あお》られ、みっともないくらいにがっついた。フェラするのも、アナルを舐めるのも、朝岡が相手なら全然汚いと思わなかった。

達した次の瞬間にはもう欲しがっている自分が不思議だった。

いくらでも欲しい。

何度でも抱きたい。

飢餓にも似た、ひりひりと痛いほどの渇望。

こんなにも誰かを欲しいと思ったのは、生まれて初めてかもしれない。

(――忍)

髪を撫でていた指先を滑らかな額に滑らせると、薄い目蓋《まぶた》がピクピクと痙攣《けいれん》した。ゆるゆると目蓋が持ち上がり、まだどこか焦点の合わない双眸《そうぼう》が現れる。

「…………」

半年前と変わらない、澄んだ黒い瞳で見上げられた瞬間、胸がきゅんっと甘苦しくなった。

「忍」

愛しさに押《お》されて名前を呼び、キスしようとして、すっと顔を背けられる。唇を引き結んだ朝岡の拒絶の表情に、ショックで胸がずきっと痛んだ。

「なんでだよ?」

思わず口をついた責めるような声に、朝岡がちらっとこっちを見る。

「なんで?　そっちこそ……なんで今更こんなこと……」

情動の波が去り、冷静になって改めて疑問が湧き上がってきたのだろうか。上目遣いに理由を尋ねてくる朝岡に、雅也は素直な気持ちで告げた。

「好きだから」

朝岡がびっくりしたように両目を瞠《みは》る。あまりに驚かれて、ちょっとむっとした。

「好きだって何度も言ったじゃん」

「だって……そんなの信じられない」

「信じろよ」

ふるふると首を振る朝岡の肩を掴み、雅也は顔を覗き込んだ。

「おまえしか見えない。おまえしか欲しくない」

目を見つめて熱っぽく言葉を重ねると、朝岡の瞳がじわじわと潤み始める。それでもまだ完全には信じきれないらしい。それも今までの経緯《いきさつ》を思えば無理からぬことだった。

「だって……賭だったんでしょう……」

口にするのも辛《つら》そうに、朝岡がつぶやく。

「確かに……はじめに声をかけた時は、遊び半分の賭だった」

雅也は正直に認めた。この期《ご》に及んで嘘を言って取り繕っても仕方がない。信じてもらうためには、みっともない自分もかっこ悪い自分も全部さらけ出すしかない。

「それに関しては、謝っても謝りきれないと思ってる。……ごめん」

「………」

「俺が考えなしで馬鹿だった。本当にごめん」

深々と頭を下げてから顔を上げ、まっすぐ朝岡を見つめた。

「きっかけは確かに賭だったけど、いつの間にかどうしようもなくおまえにハマッてたんだ」

真摯《しんし》な声の告白に、黒い瞳が揺れる。

「おまえのことしか考えられなくなって、おまえに群がるやつらに嫉妬しまくった」

「で、でも、ホテルのあとで急に冷たくなって……」

「あの頃は……まだ自分の気持ちに気がついてなくて……だからおまえとのエッチに夢中になった自分が怖くなった。あんなに興奮したの、生まれて初めてだったからさ。俺、ホモだったのかって。けど他の男になんかまったく興味ねぇし、おまえだけ特別なんだって今ならわかるけど」

照れを含んだ述懐《じゅっかい》にも朝岡の表情は冴えないままだった。

「なんだよ。まだ疑ってんのかよ」

納得していない顔つきで、朝岡が口を開く。

「……僕が、変わったからじゃないの？」

「そりゃ、おまえの変身にはぶっ飛んだけどさ」

雅也は自分の中にある真実を見極めるように、真剣な面持ちで宙を睨《にら》みつつ言葉を紡《つむ》いだ。

「けど……離れてから思い出したのって、昔のおまえばっかだったんだよ。まだ髪型も服装も全然ダサくて、俺の後ろを犬みてーにくっついてきた頃のおまえ」

「……藤王」

ようやっと朝岡の顔がわずかに和《やわ》らいだ。その白い額に雅也は自分の額をコツンと押しつける。

「めっちゃドンくせぇよな。おまえに惚れてるって認めるまでに半年もかかるなんてさ」

自嘲気味にひとりごちてから額を離し、至近の黒目がちな双眸をじっと見つめた。

「おまえこそ……西園寺とは……」

その名前を出したとたん、朝岡の眉根が困惑げに寄る。

「西園寺先生は恩人だけど……まさか彼があんなふうに思っていたなんて……」

「あいつさ、おまえを『作品』とか言って頑《かたく》なに『モノ』扱いしてたけど、なんか無理にそう思い込もうとしてる感じがした」

西園寺の言動を思い起こし、雅也は自分なりの見解を口にした。

「怖かったのかもな。人間だって認めちゃうと、おまえのことどう扱っていいのかわからなかったのかも」

「藤王？」

朝岡が小首を傾《かし》げる。

「少しだけ……わかる気するよ。誰かとガチで向き合うのってキツいもんな。マジになって引かれたらかっこ悪《わり》ぃし、人間関係は空気読んで適当に流したいって俺もずっと思ってたし」

「……うん」

今度はうなずいた朝岡が、数秒黙り込んだあとで、思い切ったように確かめてきた。

「本当に、こんな僕でいいの？」

今となっては学園のアイドルなのに、真剣な面持ちで訊《き》いてくる朝岡が愛しくて……。

答えの代わりに手を伸ばし、その身を強く抱き締める。小さくて繊細な耳に雅也はおずおずと問いかけた。

「おまえこそ……俺のことどう思ってる？　ちょっとは好きか？」

腕の中の体がわずかに震え――そして。

「……好き」

ため息みたいな声が耳殻《じかく》をくすぐる。

「自分じゃもう……どうしようもできないほど……好き」

歓喜がものすごい勢いで体中を駆け巡った。

「忍っ」

首筋に顔を埋《うず》めて名前を呼ぶと、朝岡も細い手を雅也の背中に回してくる。

「好き……雅也……好き」

「俺も……忍……愛してる」

譫言《うわごと》みたいに「好き」「愛してる」を繰り返し、キスをした。

遠回りをした時間を取り戻すように、何度も何度も――。

体を密着させてやわらかい唇を吸っていると、また欲しくなってきたが、さすがにそれはヤバい気がする。朝岡の体に負担を強いてまで、自分の欲望を果たしたいとは思わなかった。

一瞬も離れたくない気持ちを押さえつけ、名残惜《なごりお》しげに抱擁《ほうよう》を解《と》いた雅也は、何も羽織《はお》らず裸のままベッドから下りた。

とりあえず劣情の波をやり過ごすために、床に放り投げてあったヒップバッグを拾い上げ、中からケース入りのDVDを取り出す。ホテルの備え付けのDVDデッキに入れて振り向くと、ベッドの上で半身を起こした朝岡の顔が青ざめていた。

「忍……?」

どうしたと言いかけて、あっと気がつく。

「違う!　違うって!」

あわてて取って返り、ベッドに乗り上げた。

「あのデータは渡す前に処分したんだ。誰も観《み》てねぇし、今後も誰の目にも触れない」

誤解を解いてもなお、強ばった表情の朝岡を抱き締め、小刻みに震える耳に「ごめんな」と囁《ささや》いた。自分が朝岡の心に深い傷跡をつけてしまったのだと思うと、胸がキリキリと痛む。

「ごめん……本当にごめん」

謝罪を繰り返しているうちに、腕の中の朝岡の震えが収まってきた。

だけど、いったん傷ついてしまった心は、謝ったところで、そう簡単に癒えるものではないはずだ。

この先一緒に過ごす中で、時間をかけてゆっくり少しずつ癒やしていくしかない。

(俺がつけた傷だから、一生かけて……償う)

ひそかに心に誓った雅也は、朝岡を膝の上に乗せて、後ろから抱きかかえた。細い背中をすっぽり抱き込んでリモコンを摑み、ＤＶＤを再生する。

ほどなくテレビ画面に映った映像に、朝岡が「あっ」と声をあげた。

「ティラノサウルス！」

巨大な恐竜の骨格標本が、画面いっぱいに映し出されている。十年前、雅也の父親がホームビデオで撮ったアメリカ自然史博物館の映像だ。

「ずっと前に貸してやるって約束しただろ？　ＤＶＤに落としてから毎日持ち歩いてたんだけど、なかなか渡すチャンスがなくてさ」

「約束……忘れてなかったんだ」

「たりめーだろ」

照れ隠しに、少し乱暴に腕の中の体を揺する。

「なぁ、いつか一緒に行こうぜ。本物、見に行こう」

「え？」

朝岡の肩が揺れて、くるりと振り向いた。驚きと困惑が入《い》り交《ま》じったような顔で雅也を見る。

「……でも」

その困惑の理由を覚った雅也は、恋人のこめかみにちゅっとキスをした。

「ふたりでバイトして金貯めてさ」

「藤王がアルバイト？……したことあるの？」

訝《いぶか》しげに問われて「ない」と胸を張る。

「けど、おまえのためならバイトくらい……つか一緒にやるだろ？」

一転して不安そうな声を出した雅也に朝岡が噴き出す。笑いながら嬉しそうに何度もうなずく
恋人を、雅也は幸せな気分でぎゅっと強く抱き締めた。

相思VS相愛

ロッカーの前でエプロンを取り、白のポロシャツとカーキのパンツというユニフォームから学生服に着替えた忍《しのぶ》は、バックパックのショルダーを肩に掛け、バックヤードを出た。

従業員用の通用口を使って店内に入る。

閉店後のフロアは人気《ひとけ》もなく、シンと静まりかえっていた。迷路を作るように並ぶ書架の間を、勝手知ったる足取りで迷いなく擦り抜け、レジで売り上げの集計をしている店長に声をかける。

「店長、お先に失礼します」

呼びかけに顔を上げた三十代後半の店長が、忍を見て「おー、お疲れ様」と返してきた。

ここは、首都圏に八店舗を構える書店チェーンのひとつで、渋谷《しぶや》という場所柄か、店長以下の書店員も総じて若い。とはいえ高校生アルバイトの忍は中でも最年少だ。

「そうだ、朝岡《あさおか》くん」

ぺこりと頭を下げ、身を返そうとして呼び止められる。

「はい？」

「来週からなんだけど、シフト増やせないかな？」

「……………」

「今、週三で五時九時で入ってもらってるでしょう？　時間はそのままでいいんで、できれば週五入ってくれないかなぁ？」

週五ということは、平日の放課後はほとんどアルバイトに入るということになる。その分収入は増えて、目標額には近づくけれど……。

脳裏にふっと雅也《まさや》の顔が浮かんだ。

（ただでさえ、このところあんまり一緒にいられないのに……バイト増やしたら怒るかな？）

忍が迷っているのを感じ取ったのか、店長が「とりあえず今月いっぱいでいいから」と拝み口調で言い添えてきた。

「ほら、山中《やまなか》さんがオメデタでしょう？　安定期に入って本人はギリギリまで働くつもりだったんだけど、昨日検診に行ったら赤ちゃんがちょっと難しい状態にあるみたいで、お医者さんからしばらく安静にしてくださいって言われたんだって」

「そうですか……それは大変ですね」

山中さんは、忍がここでアルバイトを始めた当初、親切にいろいろと面倒を見てくれた女性スタッフだ。山中さんいわく「マル高出産」で初めての赤ちゃんなのだと聞いていたので心配になる。

「ちゃんと安静にしてれば大丈夫みたいだけど」

それを聞いてほっとした。

「それでね、他店舗から応援を呼ぶにも急な話だから、彼女が抜ける穴を補充できるのは早くても来月って話で、今月いっぱいは今いるスタッフでどうにか回さなきゃならないんだよね。で、まだバイトを始めて二週間だけど、朝岡くんはしっかりしていて仕事の覚えも早いし、きみがシフトを増やしてくれるとすごく助かるんだけど」

本当は、店内に貼り出されていたアルバイトの募集対象は大学生以上だった。渋谷に来た際は必ず立ち寄る書店で貼り紙を見かけて、高校生の自分じゃ無理だろうなと思いつつ、ダメモトで応募してみたのだ。門前払いをせずに面接をしてくれて、「高校生でも責任を持って仕事をしてくれればいいから」と忍を雇ってくれたのが、目の前の店長だ。

その恩義もあるし、大好きな本に囲まれた職場は楽しいので、勤務時間が増えること自体になんら問題はないのだが。

「もちろん無理な日は事前に言ってくれれば融通するから。学生は学業優先だからね」

そこまで言われてしまえば、断る理由はもうなかった。

「……わかりました。やらせていただきます」

店長の顔が目に見えて安堵する。

「よかった。ありがとう。恩に着るよ」

感謝の言葉に少しくすぐったい気分で忍はうなずいた。


「受けちゃったけど……さて」

最寄《もよ》り駅の改札を出て、シャッターが下りた駅前の商店街を歩き出した忍は、思案げな面持ちでひとりごちた。

どうやって雅也に切り出そうか。言ったら確実に不機嫌になりそうで、ちょっと気が重い。

（……本当は）

一緒のアルバイトができれば、こんなことで悩む必要もなかったんだよな。

実際、もともとは一緒にやるつもりでアルバイト先を探していたのだ。

ニューヨークのアメリカ自然史博物館に恐竜を見に行くために、ふたりで旅行資金を貯め始めたのが三週間前。目標金額をひとり頭二十万と決め、夏までには貯めようと誓い合った。もし無理だったら冬休みにずらすけれど、とりあえずは夏休みが第一目標。

雅也の家は超お金持ちだから、言えばポンと旅費くらい出してもらえるのだろうけど、どうやら雅也自身が「それじゃあ意味がない」と思っているらしく、「ふたりでバイトしよう」と言い出したのも彼からだった。

ちなみに忍は過去に夏休みを利用して、田舎の親戚《しんせき》の農作業の手伝いというアルバイト経験があったが、雅也は生まれてから一度もアルバイトをしたことがなかった。世間一般の感覚ではめずらしいと思われるが、こと青北《せいほく》学園に限っては雅也がスタンダードで、忍のほうがイレギュラーなのだ。親から限度額フリーのクレジットカードを持たされているクラスメイトたちには、小遣いを得るために働くという発想がそもそもない。

本当にできるのかな？　大丈夫なのかな？　と一抹《いちまつ》の不安を抱えながらの、アルバイト探しが始まった。

探し始めて気がついたのが、高校生でもできるアルバイトがかなり限定されていること。飲食系でもアルコールが出る店はNGなので、せいぜいがファストフードかファミレス。あとはコンビニのレジが定番のようだ。

というわけで、まずはファストフードを振り出しにファミレス、コンビニと面接を受け、ものの見事にその全部に落ちた。忍は受かるのだが、雅也が通らないのだ。

面接が個別なので、これは忍の想像だが、どうも雅也の態度に問題があるようだ。

俺を落とすなんて意味わかんねえ！　と雅也は息巻いていたが、忍にはなんとなくその理由がわかった。おそらく……人に雇ってもらう態度じゃないのだ。

何しろ生まれつきすべてを持っていて、何不自由なく育ち、ちやほやされるのが当たり前の王子様だ。人に頭を下げた経験も、ひとりっこだから我慢した体験もない。

この俺がなんで見ず知らずの他人にぺこぺこしなきゃなんねーの？　といった不遜さが無意識の言動に滲《にじ》み出《で》ているのだと思う。もし忍が経営者でも雅也は雇わない……正直。

「でもさ、接客の場合、お客さんとトラブルがあった時、たとえこっちが悪くなくても頭下げなきゃいけないんだよ？　雅也、そんなの耐えられる？」

「別に……平気じゃね？」

「本当に？」

「何疑ってんだよ？　できるって！」

ムッとして言い張った雅也の顔には、けれど若干《じゃっかん》不安そうな色があった。本人もひそかに、接客には向いていないと感じているようだ。

無理をした結果、お客さんやアルバイト仲間と喧嘩《けんか》をしたり、何か問題を起こしたら困る。

そう考えた忍は、雅也を説得した。

「自分の適性に合ったバイトをそれぞれ探したほうがいいよ」

「おまえはともかく、俺の適性ってなんだよ？」

「それは……わかんないけど……」

接客は駄目。かといって地道な裏方仕事にも向いていない。たぶんすぐ飽きてしまう。

結局、その後立て続けにふたつの面接に落ちた雅也は、渋々と方向転換した。このままじゃ夏までに目標金額に達しないと見切ったらしい。

手っ取り早く稼げることを第一目的に、雅也が選んだのは、母親経営のモデル事務所経由のモデルのアルバイトだった。どうやら母親は以前から雅也にモデルの仕事をさせたかったようで、ちょっと話を振ったら大乗り気で、気まぐれな息子の気が変わる前にと、さっさとスケジュールを組んでしまったそうだ。

雅也のアルバイト先が決まってほっとしたが、さすがにモデルこそ適性があるので、忍は忍で自分に向いているアルバイト先を探し、たまたま募集をかけていた渋谷の書店に決めた。

雅也はいまだに「一緒に過ごす時間が減った」と不満たらたらだが、そのたびに「資金が貯まるまでの我慢だから」と宥《なだ》めている。

(やっぱり性格も得意分野も正反対のふたりが、同じアルバイトをしようっていうのが最初から無理だったんだよな)

……今でも、時々信じられない気分になる。

あの藤王《ふじおう》雅也と自分が恋人としてつきあっているなんて、都合のいい妄想なんじゃないか。

目覚めと同時に不安に駆られ、あわてて枕元の携帯を掴んでメールの着信を確認し、ずらりと並んだ『藤王』の文字にほっと安堵する。

よかった。夢じゃなかった。

ほんの半年前まで、華やかで自由奔放な王子様——藤王雅也は忍にとってアイドルより遠い存在だった。口をきいたこともなければ、雅也に自分の存在を認知すらしてもらえていなかった。

このまま話す機会もないままに卒業を迎えるのだとばかり思っていたのに。

それが今では、学校でもべったり、アルバイトのない放課後は当然ながら一緒に過ごし、お互いのアルバイトがある日も必ず雅也から電話がかかってくる。メールのやりとりも頻繁だ。朝は忍が「おはようコール」で雅也を起こすことにしている。そのせいか、雅也はずいぶんと遅刻が減った。

（キスだって……毎日してる）

放課後デートの別れ際の「おやすみ」のキスはもちろん、校内の人目につかない物陰で、こっそりすることだってある。

――駄目だよ……こんなとこで。

――誰もいねーよ。大丈夫だって。このチャンス逃したら今日はもうできねーし。なんだよ。おまえ、俺としたくねーの？

――そんなこと……ないけど。でももし誰か来たら……。

――いいから、もう黙れって。

――雅也、駄目……だって……だ、め、んっ……

頬をうっすら赤らめ、昼休みに図書室の書架の陰で交わしたキスの感触を反芻《はんすう》していると、ダッフルコートのポケットの携帯がブルブル震え出す。

「……あ」

きっと雅也だ。

つきあい始めてすぐ、一緒に買いに行って雅也に選んでもらった携帯だが、今ではなくてはならない必需品だ。まるで必要性を感じなかった以前の自分が信じられないくらいに依存している。とりわけ別々のアルバイトを始めた今は、物理的な距離を埋めてくれる大切なライフラインだった。

ディスプレイに予想どおりの『藤王』という文字を確認してボタンを押す。

『忍？　今どこ？』

耳に届いた、少し掠《かす》れ気味の声に鼓動が速くなる。今日だって学校では一緒だったし、アルバイト中もこっそり何度もメールのやりとりをしていたにもかかわらず、声を聞いただけで、こんなにもドキドキしちゃうなんて、本当に重症だ。

「駅から家まで歩いてる途中。雅也は？」

『俺は事務所出たとこ。参ったよ……今日ずっと外ロケでさ。さみーのなんのって』

（ちょっと疲れている？）

今週の雅也は、放課後連日のようにモデルの仕事が入っていた。

初めてモデルを務めた写真が出版社のサイトに載ったところ大反響だったそうで――忍も見たが、贔屓目《ひいきめ》を除いても確かにかっこよかった――一気にオファーが増えたのだそうだ。

あっという間に売れっ子になってしまうあたり、適材適所ってやっぱりあるんだなぁと思う。母親が若い頃、ＣＭにも出ていた売れっ子モデルだったという話なので、「血」のせいもあるのかもしれない。

『この寒空にぺらぺらのシャツ一枚ってあり得なくね？』

雅也に撮影現場の話を聞くようになってから、モデルの仕事は見た目の華やかさを裏切って、かなり過酷な肉体労働なのだと知った。季節を先取りするので、真冬に春物の撮影をしたり、逆に真夏にコートの撮影があったりするらしい。外ロケで吹きさらしの寒空の下、薄着で何時間も立ちっぱなしなんていうのもザラだ。

でも今のところ雅也はすごくがんばっている。「キツイ時は、今頃おまえもがんばってるんだって思って、気合い入れることにしてる」のだそうだ。

モデルの仕事にとりたてて思い入れも気負いもないようだが、お金を稼ぐことの大変さは身に染《し》みたようで、先日も「ギャラもらうからにはちゃんとやんねーと」と、自分に言い聞かせるような発言をしていた。

「風邪とかひいてない？　大丈夫？」

『まー、なんとか。おまえにもらったポカロン腰に貼ってたし』

「あ、ほんと？」

あんなかっこいいポーズを決めてる腰に、実は使い捨てカイロを貼ってるなんてちょっとおかしいけど、使ってもらえてよかった。

歩きながら離れていた間（といってもほんの数時間だけど）の近況報告をし合って、自宅が見えてきたところで、忍は思い出した。

「あ……そうだ。話さないといけないことがあったんだ」

『……あ、俺もあった』

「そうなんだ？　何？」

『いや、おまえから言えよ』

お互いに譲り合った末に雅也に押し負け、忍が先に話すことになった。

(……言いづらいな)

足を止めて携帯を握り直し、少し逡巡してから思い切って「今やってるバイトなんだけど……」と切り出す。

今日店長に「週五シフトに入ってくれ」と言われたことと、その事情を話した。

案の定、『週五?』と不機嫌な声が返ってくる。

『で? 受けたのかよ?』

「うん。だって本当に困ってるみたいだったし……そのお腹《なか》の大きいスタッフさんに、仕事に慣れるまですごくよく面倒見てもらったんだ。できたら恩返ししたいなって思って。今月だけって話だし」

『……ふーん』

納得していない口調に居たたまれず、小さな声で「ごめん」と謝った。

「……怒った?」

おそるおそる訊《き》くと、意外な言葉が返ってくる。

『怒ってねーよ。困ったやつとかほっとけないの、おまえのいいとこじゃん』

ちょっと驚いた。

いつも「おまえってホントお人好しなー」と、呆れたみたいに言われていたから。クラスメイトの勉強を見たりするのも、あんまりいい顔しないし……というより、見てる間じゅう後ろに立って睨《にら》みをきかせていてちょっと怖いし。

だから、そんなふうに言ってくれるなんて思わなかった。

胸がジ…ンと熱くなる。

「雅也……ありがと」

『礼言われる筋合いねぇって』

ぶっきらぼうな声。

(なんだか照れてるっぽい?)

かわいい。口に出したらムッとするだろうから言わないけど。

「そういえば、雅也の話は?」

『あー、実はさ……俺のほうも日曜撮影が入っちまった』

「……そうなんだ」

明後日の日曜は、映画を観に行く約束をしていた。

二週間連続で土日が撮影だったから、ひさしぶりにゆっくり会えると楽しみにしていたのだけれども。

自分だってシフトを勝手に増やしてしまったくせに、がっくりと気落ちする。

「……会えないのは残念だけど、それだけ必要とされてるってことだもんね」

意気消沈したのが声に出ないよう、やや無理矢理に前向きな台詞《せりふ》を口にした直後だった。

『日曜さ、おまえもスタジオ来いよ』

思いがけない誘いをかけられ、意表を突かれる。

「えっ？」

『お互いに今月いっぱいバタバタしそうだし、だったら現状で、少しでも一緒にいられる時間を作るよう工夫するしかないじゃん』

自分では思いも寄らない発想に困惑しつつ、「そりゃそうだけど……」とつぶやいた。

「でも……そんなことしていいの？」

仕事の現場に自分みたいな部外者が顔を出しても大丈夫なものなんだろうか？

『わかんねーけど、おふくろに頼んでみる。ただでさえ撮影現場っていろんな人間がひっきりなしに出入りしてるし、端っこで見学してる分には邪魔にならないと思うけどね』

「…………」

(スタジオ撮影か)

撮影現場を見学できるチャンスなんてそうはないし、何より、モデル仕様の恋人を生で見てみたかった。

『どうする？』

確認の問いに一瞬の間を置き、「行ってみたい」と答える。

『おっし、決まり！』

雅也が明るい声を出した。

『んじゃ早速、この電話切ったらおふくろに頼んでみる。折り返し連絡するから待ってて』


雅也が掛け合った結果、「邪魔にならないよう、静かにしているなら」という条件付きで、スタジオ見学許可が出た。

「よく許してくれたね」

折り返しで連絡をもらった忍は、たぶん無理だろうと半ば諦《あきら》めていたのだが、雅也はどうやらはじめから勝算があったらしい。

『おふくろのやつ、俺には借りがあるからな。突発の仕事かなり突っ込まれてるし』

この日曜日の撮影も、本来は別のモデルに決まっていた仕事なのだが、雅也のコンポジットを見た大手出版社の雑誌編集部が「どうしても彼で」と頼み込んできたそうだ。関係上オファーを無下にも断れず、事務所の社長であるお母さんが、息子に頭を下げた――といった経緯《いきさつ》があったようだ。

『だから、おまえの見学くらいで済めば安いもんなんじゃねーの？』

ともあれ、滅多にない経験ができるということで、興奮のあまり、眠りが浅いままに当日を迎える。

朝八時、雅也のマネージャーが運転する車にピックアップしてもらって、スタジオのある南青《みなみあお》山《やま》へ向かった。移動中ずっと雅也は忍の肩に寄りかかって眠っていた。やはり疲れているようだ。

（そりゃそうだよな。昨日も遅くまで撮影だったし）

体は心配だったけれど、こんなふうに無防備なところを見せてくれるのは嬉しかった。

気を許されている気がして……。

長いまつげが規則的に揺れる穏やかな寝顔を眺めているうちに、スタジオに着く。

「雅也、着いたよ」

もう少し寝かせておいてあげたい気持ちを抑え込んで肩を軽く揺さぶると、恋人は綺麗な顔をしかめて、「う……ん」と身じろいだ。ぱちっと目を開く。

「俺……寝てた？」

「うん、ぐっすり。疲れてるんじゃない？」

「なんか……おまえの肩、気持ちよくってさ」

「…………」

甘やかな気分が込み上げてきて顔が緩みそうになるのを、マネージャーの手前、必死に堪える。

スタジオはコンクリート打ちっ放し三階建てのおしゃれな建物で、足を踏み入れるのも緊張した。片や雅也はまるで臆《おく》する気配もなく、軽快な足取りでコンクリートの階段を下りていく。

地下部分には、メインスタジオがひとつとサブスタジオがふたつ、倉庫が一室、メイクルーム、スタッフの控え室があった。

今日の撮影はメインスタジオで行うとのことで、天井の高い真っ白な空間では、すでにたくさんの人たちが忙しそうに立ち働いていた。現場を統括するカメラマン、その指示に従って動くスタジオのスタッフ、衣装ラックを運ぶスタイリスト、腰に道具をいっぱい下げたヘアメイク……みんなきびきびとしていて活気に溢れている。

編集者らしき人たちも数人でテーブルを囲み、真剣な面持ちで打ち合わせをしていた。スタジオの一角にある休憩スペースでは、モデルと思《おぼ》しき外国人が、くつろいだ様子で音楽を聴いたり、おしゃべりしたりしている。

「……すごい」

見たこともない機材やプロフェッショナルと呼ばれる人々の静かな熱気、初めて触れた撮影現場の空気に圧倒されていると、雅也にぽんと肩を叩かれた。

「じゃ、俺メイク入るから」

「あ、うん」

ぼーっとしていたせいだろう。雅也が顔を覗き込んできた。

「大丈夫か？」

「だ、大丈夫」

ずり落ちかけた眼鏡《めがね》を持ち上げて答える。日によってコンタクトと使い分けているのだが、今日は雅也のリクエストで眼鏡をかけていた。携帯と同じく、雅也に選んでもらったシルバーフレームで、以前かけていた黒縁と違って装着感が軽いところが気に入っている。

「夕方には終わる予定だから、それまで適当にしてて。俺もちょくちょく様子見に来るから。昼は一緒に食おう」

「うん、がんばって」

「おう」

うなずいた雅也が軽く忍の髪を掻き混ぜて、メイクルームに消える。そのすらりと均整の取れた後ろ姿を見送ってから、忍はみんなの邪魔にならないよう、スタジオの片隅に移動した。

壁際に静かに佇《たたず》み、たくさんの大人たちが一生懸命に働く様子を熱心に見つめる。何もかもが物めずらしくて、全然飽きなかった。

撮影のためのセッティングが完了し、バタバタと慌ただしかったスタジオの空気がひと段落した頃、ヘアメイクを終えて衣装を身につけたモデルたちがメイクルームから出てくる。

さすがにスタイルがよくてかっこいい彼らにぼんやりと見惚れていたら、最後に雅也が現れた。

一瞬、煌々《こうこう》と明るいスタジオがひときわ明るさを増したような錯覚に囚われる。

（わー……）

心の中で思わず叫んだ。

雅也は黒のデザイナーズスーツに身を包み、栗色の髪をオールバック気味に流していた。顔立ちも、素人目《しろうとめ》にはどこにどう手が入っているのかわからないが、とにかくいつもより艶《つや》やかさが増している。

（……すごい！）

毎日一緒にいて、その美貌に馴れたつもりになっていたけど……改めて恋人の並外れたルックスを実感して感嘆の息が漏れた。

うっとりと見つめる忍の視線に気がついた雅也が、こっちに流し目をくれて、にっと唇の片端を持ち上げる。そんな仕草からも色香が滴るようでドキドキした。

「はーい、じゃあシューティング始めます」

カメラマンの合図で撮影が始まる。白いホリゾントに立ったモデルがポーズを取るたびに、パシッ、パシッとストロボが光った。

（……かっこいい）

外国人モデルの中に入っても、見劣りしないどころか、雅也が一番目立っていると感じるのは、惚れた欲目だけじゃない気がする。

他と比べて派手な動きをするわけでも、あからさまな決めポーズを取るわけでもない。むしろ自然体なのだが、一挙手一投足に華があるのだ。

自然と視線が吸い寄せられる。自分だけじゃない。モデルを見馴れているはずのスタッフも、みんな雅也に注目している。

今日のクライアントである大手出版社が、決まっていたモデルと雅也を急遽《きゅうきょ》差し替えた理由がわかる気がした。

「このところぐっと男っぽくなったわね。顔つきが引き締まってきた」

「……ええ」

「動きもシャープ。今日は特別に気合いが入ってるわ」

「……へぇ、特別に気合いが……」

背中からの声につられて相槌《あいづち》を打ってしまってから、はっと我に返る。あわてて後ろを振り返ると、黒のタートルネックのニットを着た背の高い女性が立っていた。赤い口紅だけを塗ったほぼノーメイク。アクセサリーも大振りのイヤリングのみ。髪も無造作な感じに後ろでひとつにまとめている。それでも顔立ちがはっきりしているので華があった。

(綺麗なひとだ)

腕組みをした美しい女性が、薄茶色の瞳でじっと見つめてきて、目と目が合う。まっすぐな眼《まな》差《ざ》しに射貫《いぬ》かれ、瞬《まばた》きもできずに忍はフリーズした。

「………あ」

おもむろに女性が真っ赤な唇を開く。

「あなた……雅也のお友達？」

少しハスキーな声で問われ、忍はこくりと首を縦に振った。

「あ……はい、そうです」

「そう、あなたなのね。雅也がどうしても撮影に同行させたいって言っていた子は。雅也とはクラスメイト？」

「はい」

「ふぅん。でもいつも雅也がつるんでる、ごろつきみたいな連中とはちょっと毛色が違うわね」

いつもつるんでるって、ひょっとして加藤《かとう》と小池《こいけ》のことだろうか。

雅也のこと、よく知っているみたいだけど……誰なんだろう？

疑問を抱きつつ目の前の顔を見つめ返していると、女性が腕組みを解いた。出し抜けに、ぐいっと顔を近づけてくる。突然のアップに怯《ひる》み、忍は一歩後ずさった。

「あ……あの？」

「ねぇあなた……モデルの仕事に興味ない？」

「はっ？」

唐突な問いかけに面食らい、とっさに上擦った声が出る。

「ショーモデルには背が足りないけど、雑誌やCMなら身長は関係ないし、ゆくゆく俳優を目指すにしても、十七なら演技を勉強する時間は充分にある。どう?」

(どうって……言われても)

「有り難いお話ですけど、モデルとか無理です。僕、そんな器じゃ……」

ぶんぶんと首を左右に振ったら、女性が片眉を跳ね上げた。

「あら? 私の目を疑う気? 私はね、十五でこの世界に入ってから、数え切れないほどのモデルを見てきたのよ? その私が言うんだから間違いないの!」

自信満々に言い切られ、ますます困惑が募る。

「で、でも……ほんと無理ですっ」

「さっきもね、スタジオに入ってすぐにあなたが目についたの。わかる? プロのモデルが大勢いる現場で、ただの高校生のあなたに視線が吸い寄せられるってすごいことよ?」

「……はぁ、でも、あの」

「あなたは確かに雅也みたいなぱっと見の派手さはないけど……なんていうのか、内から滲み出るようなノーブルな透明感があるのよ。これぱかりはね、後付で作ろうとしても作れないの。持って生まれた資質だから。あなたは絶対に磨けば光るわ。私の勘を信じて」

「や……でも、本当に……」

「アルバイト感覚でもいいから、まずは一度事務所に来て。ね?」

立て板に水の勢いでぐいぐいと押してくる女性にあわや押し切られそうになった時だった。

「おふくろ！」

苛立った声が聞こえると同時に腕を掴まれ、ぐいっと後ろに引かれる。背中が硬い体にぶつかり、首を捻《ひね》って背後を顧みた忍は、「雅也？」と驚いた声を出した。

さっきまでカメラの前にいたはずの雅也が、いつの間にかすぐ後ろに立っている。

「忍に何迫ってんだよ、おふくろ！」

（え？　今なんて……おふくろ……？）

「って、お、お母さん⁉」

半開きの口からすっとんきょうな声が飛び出た。くるっと首を戻して、もう一度目の前の女性をまじまじと見る。

若い！……けど、言われてみれば、面影があるような……。

雅也の家に何度かお邪魔した時は両親共に不在だったので、顔を合わせたのは今日が初めてだった。

「雅也、あなた本番中でしょう？」

邪魔されたことを不快に思う心情を隠さずに、雅也のお母さんが言った。

「休憩だよ。ったく、油断も隙もねぇな」

「あなたこそ、こんなダイヤの原石を私に隠しておくなんて、ケチね」

母親にケチ呼ばわりされた雅也が眉間に縦筋を刻む。

「言っておくけど、こいつは駄目だからな！」

びしっと言い放つと、自分が盾になるように一歩前に出て、忍を背後に隠した。その態度に、今度はお母さんがムッとする。

「あら、これは彼と私の話よ？　あなたは関係ないでしょう？」

「関係あるんだよ！」

「どういうこと？　そこまで言う権利があなたにあるの？」

切り返しにうっと詰まった雅也が、「とにかく！」と叫ぶ。

「こいつだけは絶対駄目だ。いいか？　もし忍に手を出したら金輪際《こんりんざい》モデルの仕事は受けないからな！」

「なぁに？　親に向かって脅《おど》し？」

眉をひそめ、お母さんが雅也を睨みつけた。雅也も負けじと睨み返し、親子の間でバチバチと火花が散る。

（……ど、どうしよう）

険悪なムードに息を呑んでいると、やゃしてお母さんがふっと息を吐いた。

「あなたがこんなにムキになるの、初めて見たわ。よっぽどお気に入りなのね。……まぁいいわ」

ひょいっと肩を竦《すく》め、ハンドバックの中から名刺を取り出して忍に差し出す。

「気が変わったら連絡ちょうだいね」

反射的に名刺を受け取ってしまった忍ににっこりと微笑みかけ、雅也には「油売ってないでちゃんと仕事しなさいよ」と釘《くぎ》を刺して、お母さんはその場を立ち去っていった。

カメラの前のカメラマンとクライアントに歩み寄り、「おはようございます」と挨拶《あいさつ》するその後ろ姿に、雅也が吐き捨てるようにひとりごちる。

「くそっ……眼鏡のバリアも無効かよ？」

苛立った視線を忍に向けたかと思うと、その手からひったくるように名刺を奪った。そのままくしゃっと捻り潰す。

「あっ……」

非難の声をあげた忍を、雅也が怖い顔で睨《ね》めつけてきた。

「いいか？　俺以外の誰が話しかけてきても無視しろ。男だろーが女だろーがガイジンだろーが、絶対に気を許すなよ」

そのあとは雅也の言いつけどおりに、誰が話しかけてきても最小限の受け答えで躱《かわ》し続《つづ》けた。中にはしつこく連絡先を訊いてくるスカウターもいて、困っていたら、雅也が気がついて話をつけてくれた。

撮影自体は滞りなく順調な進行で、夕方にはすべてのシューティングが完了する。

メイクを落とし、私服に着替えた雅也と忍はスタジオを出て、南青山のカフェで夕食を摂《と》った。

「これからうちに寄れよ。親、いないし」

店を出たところで雅也に誘われる。

「お母さん、遅いの？」

雅也のお母さんは、ひととおりの挨拶を済ませると、別の撮影に顔を出すからとお昼にはスタジオを立ち去っていたが。

「親父《おやじ》と待ち合わせてバレンタインデートだって言ってたから、帰りは遅くなると思う」

その台詞で、今日が二月十四日であることに気がついた。

（そっか、バレンタインデーか）

今までの十七年間、まるっきり自分に関係がないイベントだったので、特に意識せずに今日を迎えてしまったけれど、どうりでカフェにもカップルが多かったはずだ。

「ご両親、仲いいんだね。うちの親は夫婦で外食なんてしないよ」

「両方とも年中自分たちの仕事であちこち飛び回ってるから、こういう日くらい一緒にってのがあるんじゃねぇの？　ま、うちの場合なんだかんだいって親父がおふくろにぞっこんな感じもするけど」

初対面で強烈な印象を残した、雅也のお母さんを思い起こす。

全然所帯じみていなくて、若々しくてすごく綺麗だった。あんな人が奥さんなら、いつまでも恋人気分っていうのもうなずける。

自分も……できればずっと雅也に飽きられないようにしたいけど、具体的に何をどう努力すればいいのかわからない。

恋愛は、勉強のようにはいかない。こうすればこうなるという公式もマニュアルもない。忍にとって毎日が未体験ゾーンの連続だ。失敗しながらも手探りで一歩ずつ進むしかないのかもしれない。

南青山から松濤《しょうとう》にある雅也の家まで、散歩がてらぶらぶらと歩いた。以前はちょっとした距離でもタクシーを使っていたが、最近の雅也は旅行資金のために倹約モードになっている。

「お帰りなさいませ」

吹き抜けの中庭があるパティオ形式の瀟洒《しょうしゃ》な邸宅――同じ一軒家でも忍の家とは比べものにならない広さ――に上がるのは三回目だ。玄関でお手伝いさんに出迎えられ、「お邪魔します」と頭を下げた忍は、雅也のあとから靴を脱ぎ、木目の美しいフローリングに足を上げた。

「お食事はいかがいたしますか？」

「食べてきた。あとは適当にするからもう帰っていいよ。親父たちも遅いし」

「かしこまりました。あの、お留守中に宅配便で届きましたお荷物を、お部屋の前にまとめて置いてありますので」

二階に上がるとお手伝いさんが言ったとおり、雅也の部屋の前に段ボール箱が置いてある。その箱をひょいっと抱え上げた雅也が、片手でドアを開けて、「入って」と促した。

「お邪魔……します」

この部屋に入るのも三回目だけど、微妙に緊張する。小学校低学年以降、友達の部屋というものに上がった経験がないせいかもしれない。

雅也の部屋は二十畳の洋間で、それだけでも忍なら持て余しそうな広さなのに、寝室が別にある。もっともこの家で生まれ育った雅也には、自分の境遇が「特別」である意識はないようだ。

白と黒を基調にしたすっきりとシンプルなインテリアに、差し色のようにカラフルな雑貨が置いてある恋人の部屋をぐるっと見回してから、忍は段ボール箱をローテーブルの上に置く雅也に近づいた。

「荷物、なんだったの?」

「んー、チョコとかプレゼントとか?」

肩越しに覗き込むと、凝《こ》ったラッピングの包みがぎっしり詰まっている。

(そうか……バレンタインだから)

学校は男子校だけど、バレンタインデーには校門の前にたくさんの女の子が鈴なりになる。彼女たちのうち半数以上のお目当ては雅也だという噂だった。

今年は日曜日だったので、住所を突き止めた子たちが自宅に贈ってきたんだろう。

恋人のモテモテぶりを改めて実感し、ちょっとショックを受けていると、雅也が振り返った。

「おまえ、甘いもの好きだっけ？」

「あ、うん、好きだけど」

「じゃあ、やるよ。俺は要《い》らないから。ほとんど義理チョコだし」

箱ごと無造作に押しつけられて面食らう。

「で、でも……手紙とかついてるかも」

「適当に処分して。どーせ読まないから」

「………」

贈った女の子たちには本当に悪いと思うし、こんな自分は醜いと思うけど……。

じわじわと気分が浮上していくのを自覚しつつ、段ボール箱の中のプレゼントを見つめていて、ふっと疑問が湧く。

もしかして……自分もチョコを渡すべきだったのかな？

自分は男で、雅也も男だけど、バレンタインが、「好き」という気持ちを相手に伝えるイベントならば。

(そうだ……つきあい始めてから初めてのイベントなんだし)

今更気がついて、気のきかない自分にうっすら青ざめた。

駄目すぎる。ただでさえ雅也といろいろ釣り合いが取れてないのに。

「あ、あの……」

何か言わなくてはという心情に駆られ、ダウンジャケットを脱ぐ雅也に話しかける。脱いだダウンジャケットを抱えて振り返った雅也が、「何？」と聞き返してきた。

「ごめん」

俯《うつむ》き加減《かげん》に謝ると、「何急に？」と面食らった声を出す。忍は顔を上げ、おずおずと切り出した。

「その……なんにも用意してなくって。……バレンタインなのに」

「あー……」

雅也が「そんなことか」と、拍子抜《ひょうしぬ》けした顔をした。

「いいよ、別に。今日一日撮影につきあってくれたじゃん」

フォローしてもらっても、まだ自分の中では納得できずに「でも……」と言《い》い淀《よど》む。

すると突然、目の前の雅也の顔がぱぁっと輝いた。

まるで、いたずらを思いついた悪ガキみたいな表情だ。

「もしどうしても気が済まないって言うなら、じゃあさ」

「……雅也？」

小首を傾《かし》げる忍の前に、雅也が人差し指をすっと立てた。

「ひとつ……おねだりしてもいい？」

甘え声を出したあとで顔を寄せてくる。そうして、忍の耳許に「おねだり」の内容をひそっと囁《ささや》いた。


「口でして……」

その「おねだり」にびっくりはしたけれど、忍の心に嫌悪の気持ちは湧かなかった。

抱き合う時、雅也はいつも自分の快感より忍のそれを優先してくれる。何度も「気持ちいい？」と訊いて、いちいち確かめてくれる。圧倒的な経験値のハンデを埋めるために、すごく気を遣ってくれているのがわかる。

(だから僕だって)

雅也にしてあげたい。恋人を気持ちよくしたい。彼がそれを望んでいるのならなおのこと。

「……きっと下手だけど……いい？」

忍の伺いに、雅也の顔が綻《ほころ》んだ。

「俺こそ、すぐイッちゃうかも」

ふたりで、ふふっと笑い合う。

寝室に場所を移し、お互いの服を脱がし合い、ベッドの上で向き合った。

眼鏡も取って、緊張の面持ちで身を屈《かが》め、そろそろと恋人の股間へ手を伸ばす。触れた瞬間、雅也がわずかに身じろいだ。

まだやわらかい恋人の欲望は、それでもしっかりと「熱」を孕《はら》んでいた。

見馴れた自分のものよりずいぶん大きくて、形のいいそれをまじまじと見つめる。

よく考えてみたら、こんなふうにじっくりと観察するのは初めてかもしれなかった。

「あんま……じろじろ見んなよ」

困惑したような声が頭上から落ちてくる。

「ヤバいって。なんか見られただけでデカくなりそう……」

事実、少し芯を持ち始めた欲望に、忍は意を決して顔を近づけた。唇を開き、亀頭の部分をゆっくりと口に含む。

「んっ……く、……んっ」

おそるおそる半分くらいまで入れて、異物が口腔内に馴染《なじ》むのを少し待った。嘔吐《えず》かなくなってから、残りを頬張る。それでも、慣れない喉の圧迫感にじわっと両目に涙が滲んだ。

「大丈夫か？」

心配そうな声で問われ、雅也を咥《くわ》えたまま首を縦に振る。雅也の手が伸びてきて、あやすみたいに頭を撫でた。

「ごめん……辛《つら》いよな。でも俺は……すごく気持ちいい」

雅也が気持ちいいなら、自分もいい。

(気持ちいい)

誉められたことが嬉しくて、忍はできるだけ喉を開き、より深く恋人を受け入れた。だが、自分でできたのはそこまで。

次は、どうすればいいのだろう?

上目遣いにちらっと雅也を窺《うかが》うと、「舌、使ってみて?」と言われた。

(舌?)

言われたとおりに、そろそろとシャフトに舌を這わせてみる。裏側をぺろっと舐めたら、口の中の雅也がぴくっと蠢《うごめ》いた。……感じてる?

(そうか。自分がされて気持ちいいことをすればいいんだ)

いつもされていることを思い出しながら、一生懸命舌を使っているうちに、少しずつ口の中の雅也が漲《みなぎ》ってくるのを感じる。

閉じられない口の端から唾液が滴り、首筋を濡らす。喉を突く欲望は苦しかったけれど、雅也が気持ちよくなってくれている証だと思えばそれすらも嬉しかった。

もっと感じて、気持ちよくなって欲しい。

その想いに突き動かされ、一心不乱に愛撫していたら、いつしか口の中のものは、持て余すくらいに大きくなっていた。

「んっ……ふっ」

やがてその先端から、ぬるっとした液体が溢れてくる。

先走りの、少し苦い味を舌先で捉《とら》えた瞬間、腰の奥がずくっと疼《うず》いた。

(あ……)

視線を上げると雅也と目が合う。形のいい眉が苦しげに寄せられ、琥珀色《こはくいろ》の双眸《そうぼう》には欲情の焔《ほむら》がゆらゆらと揺れている。唇から漏れる熱い吐息。熱を帯びた瞳でじっと見下ろされて、背中がぞくぞくと震えた。下腹部が熱くなり、先端が濡れたのがわかる。

咥えただけで感じちゃうなんて……。

淫らな自分に羞恥《しゅうち》を覚え、うっすら目許を染めていると、雅也が苦しそうな声を出した。

「んな美味そうにしゃぶられたら……ヤバいって」

「……ふっ……ん、く……」

「マジでヤバ……出そう……っ」

上擦った声と同時に肩を摑まれ、ぐいっと引き離される。雅也の昂《たかぶ》りが口の中からぶるんっと抜け出た。

「……あっ」

小さく非難の声をあげた次の瞬間、視界に映り込んだビジュアルに息を呑む。自分が一生懸命に育てた雅也が、凶器のような角度を持って天を仰いでいた。

こくっと喉を鳴らした刹那《せつな》、肩を摑んでいる雅也の手に力が入り、ぐっと押される。そのまま、ベッドに仰向けに押し倒された。

雅也が忍の顔の横に片手をつき、まっすぐ見下ろしてくる。

餓《かつ》えた獣のような獰猛《どうもう》な眼差しに縫い止められ、固まっていると、先走りに濡れた欲望に雅也の手が触れた。きゅっと握り込まれて、ひくんっと腰が震える。

「忍のも硬くなってる。俺の……フェラしただけで感じちゃった？」

恥ずかしくて答えられない忍に、ふっと口許で笑った雅也が、握った手を動かし始めた。扱《しご》かれるたびに手のひらと性器が擦れて、くちゅっ、ぬちゅっと淫靡《いんび》な音がする。わざと立てているんじゃないかと疑いたくなる水音にも煽られて、快感が急速に高まった。

「んっ……ぁ、んっ」

「いつもより感じんの早くない？　すげー濡れてるし」

どこか嬉しそうな声で囁きながら、溢れた蜜を親指の腹で円を描くように塗り広げられた。時折、浅い切れ込みを爪でクチクチと刺激される。

「やっ……あっ」

ビリビリと甘い電流が背筋を走り抜けた。

「こっちも……ヒクヒクしてる」

後孔《こうこう》に指がつぷっと減《め》り込《こ》んでくる。

「アッ……」

鉤状《かぎじょう》に曲げた指で敏感な場所を擦られ、背中が浮き上がった。指の抽挿《ちゅうそう》に合わせて腰がうずうずと揺れる。

「んっ……あっ、あんっ」

狭い肉を硬い指で掻き混ぜられ、欲望をぬくぬくと扱かれて、ふたつの場所から同時にもたらされる種類の違う快感に、頭の芯が白く霞《かす》んだ。ペニスは完全に勃《た》ち上《あ》がり、今にもお腹《なか》にくっつきそうだ。

「すげ……中……トロトロ……」

「……いい……気持ち……い」

熱に浮かされたみたいな嬌声《きょうせい》が溢れ、一度口をついてしまうと止まらなくなった。

「いい？　気持ちいい？」

「ん……ぅん……」

気持ちよくて、勝手に腰が動いてしまう。恥ずかしいけど我慢できない。

「もうイキそう？」

雅也が不意に手を離した。こくっとうなずく忍の膝裏に手をかけ、両脚を大きく割り開く。露《あらわ》になった窄《すぼ》まりに濡れた先端を宛《あて》がわれた。

「欲しい？」

掠れた声の問いかけに、濡れた両目を瞠《みは》る。

「………」

「欲しいって言えよ」

少し強引になおも促されて、羞恥に顔を火照《ほて》らせながら、消え入りそうな声で「……欲しい」と囁いた。

雅也が満足そうな、艶めいた笑みを浮かべる。直後、灼熱の楔《くさび》が、くちゅんっと水音を立てて減り込んできた。

「ひ、ぁっ」

こじ開けるようにして穿《うが》たれ、悲鳴が喉から漏れる。

もう何度も抱き合っているのに、この衝撃にはどうしても慣れることができない。

もっと早く繋がりたいもどかしさと、当たり前のことのように慣れてしまいたくない気持ち。

ふたつの相反《あいはん》する心情が胸の中でせめぎ合っている。

「は……ふっ……う……」

ふたりで協力し合い、息を合わせて少しずつ繋がる。悪戦苦闘の末に、どうにか全部を受け入れ、はぁはぁと胸を喘《あえ》がせていると、雅也が上体を屈めてきた。眦《まなじり》の涙を唇でちゅっと吸い取り、耳許に吹き込む。

「動くよ?」

余裕のない声で言うなり忍の太股を抱え直し、腰を深く入れて動き始めた。はじめは最奥《さいおう》を小刻みにずくずくと突いていたが、だんだんとストロークが大きくなる。ぎりぎりまで引き抜いたかと思うと、閉じかけた肉をこじ開けるみたいに一気にねじ込まれた。

「あぁっ」

体が弓なりに反り、嬌声が跳ねる。

今日はいつもより、雅也を大きく、熱く感じて。

頭の芯がジンジンと痺れ、黒目が熱く潤んだ。

「っ……あんっ……あんっ」

腰を激しく使いながら、雅也が首筋に吸いついてくる。柔らかい皮膚を甘噛みされ、感じやすい乳首を指で強く刺激されて、眼裏《まなうら》で快感の火花が散った。

「まさ、やっ」

膨らんだ官能に灼かれ、縋《すが》るように雅也の背中に腕を回した忍は、すすり泣いて訴える。

「好きっ……好きっ」

汗に濡れた背中がぴくりと震え、密着した腹筋が固く引き締まった。体内の雅也がひときわ大きく膨らんだのを感じる。

その質量を持て余し、忍は喉を反らして唇を開いた。

「あ……あぁ……っ」

荒々しく、打ちつけるみたいに奥を突かれて背中がうねる。激しい揺さぶりに悲鳴をあげ、振り落とされないよう雅也の首にぎゅっとしがみついた。

「ひっ……あっ……ま、さ、……雅也っ……い、く、……あぁ――っ」

ぶるっと大きく震えて達し、無意識にもきつく雅也を締めつける。

「……くっ」

低い呻《うめ》き声《ごえ》を発して雅也が爆《は》ぜ、温かいもので体内を濡らされる。恋人の情熱で満たされる充足に、熱い吐息が漏れた。

「あ……あ……あ」

幸福感に包まれてじわじわと弛緩すると、雅也がくちづけてくる。額、目蓋《まぶた》、鼻の頭に甘いキスが落ち、最後に唇をちゅくっと吸われた。

「……愛してる」

まだ荒い息に紛れた恋人の囁きに、忍も囁き返した。

「……僕も……好き……大好き」

ふたりで一緒に果てたあと、ぐったりと重なり合って、お互いの少し速い心臓の音に酔う。

しっとり汗で濡れた硬い胸に顔を埋《うず》めていると、忍の髪に指を絡ませていた雅也が、「あ、そうだ」と何かを思い出したような声を出した。

上半身を起こして、「ちょっとごめん」と忍の体をやさしく押しのける。

「何？　どうしたの？」

「んー、忘れてた」

言ってベッドから下りた雅也が、手近のジャージ素材のハーフパンツを摑み取って穿《は》き、寝室のドアを抜けて主室に入っていく。

少しして戻ってきた雅也は、焦げ茶色の包装紙に包まれた四角い箱を抱えていた。ちょうど雅也の胸にすっぽり納まるくらいのサイズの箱だ。

「これを渡すつもりでうちに誘ったんだった」

そう説明した雅也が、箱を抱えたままベッドに乗り上げてくる。そうして、半身を起こした忍に「ほい」と手渡してきた。

「……僕に？」

「そ。開けてみ？」

促されて、なんだろうと思いながら包装紙を解く。ペリペリと包装紙を剝がすと、なんの印刷もない真っ白な箱が現れた。上蓋《うわぶた》を取って箱の中を覗き込む。

「あっ……」

忍は両目を大きく見開いた。

「ティラノサウルス！」

箱の中に入っていたのは、ティラノサウルスのフィギュアだった。

「す、すごいっ」

震える手で箱からフィギュアを取り出す。木の台座に乗ったティラノサウルスはずっしりと重かった。

「大きい！」

「本物の二十四分の一スケールだってさ。なんかリアルで今にも走り出しそうだよな。恐竜造形《ダイナソーアー》師《ト》の第一人者の作品だって。おまえ、知ってる？」

「もちろん知ってるよ。ジュラシックパークのT-rexの造形をやって、賞も取ってる人だよ」

忍の興奮気味の回答に、雅也が「そうらしいな」と相槌を打つ。

「ネットで恐竜検索してたらたまたま見つけて、素人目に見ても出来がよかったからさ。おまえが欲しがるんじゃないかと思って、米国から取り寄せたんだ」

「恐竜……検索したの？」

びっくりして確認すると、少し照れくさそうに笑った。

「旅行の下調べも兼ねてな。それに……おまえが好きなもんは押さえておきたいじゃん。俺も好きになれたら、共通の趣味もできるし」

「……雅也」

ふたりの関係がこの先も続くように、雅也も歩み寄ってくれているんだ。

今までの人生で努力とは無縁だったはずの雅也が――。

そう思ったら、じわっと胸が熱くなった。

「気に入ったか?」

プレゼントそのものより、それに籠《こ》もっている雅也の気持ちが、嬉しい。

「うん、すごく……嬉しい」

「大事にする。ありがとう」

心からの感謝の言葉に、雅也がふわりと微笑んだ。

「言っとくけど、ちゃんとバイト代から出したから。生まれて初めて自分で稼いだ一回目のギャラは、貯めずにおまえのために使おうと思ってたからさ」

ただでさえ胸がいっぱいなのに、そんなことまで言われて涙が出そうになった。みっともなく泣き出さないよう、ティラノサウルスをぎゅっと抱き締める。

「これってバレンタインにくれたんだよね?」

「一応な」

「やっぱり僕も何か用意すればよかった」

改めて後悔を口にする忍に、雅也がにっと唇の端を持ち上げた。

「おまえからはもう最高のプレゼントもらったし」

「……え？」

「俺のを一生懸命フェラする忍、めっちゃかわいかった。めちゃめちゃキュンとした」

蕩《とろ》けそうな甘い声でそんな恥ずかしいことを言われ、カッと頬が熱くなる。じわっと俯いた忍の肩に手をかけた雅也が、頭の天辺《てっぺん》にちゅっとキスを落とし、囁いた。

「これからも、ずっと、ずっと一緒にいよう」

「……うん。……ずっと……ずっと」

何度もうなずく忍の顎《あご》に手をかけ、持ち上げる。そうして今度は唇にそっと、誓いのキスを落とした。

POSTSCRIPT

KAORU IWAMOTO

ＳＨＹノベルスさんでははじめまして。岩本薫です。以前にUnit Vanillaでのエントリーはあるものの、個人名義での本は初めてですので、今とても緊張しております。

今回の「絶体×絶命」は、以前雑誌に掲載していただいた作品をベースに、書き下ろしを加えての刊行になります。

刊行にあたって雑誌分の加筆修正をしたのですが、はじめはちょこっとだけ弄るつもりが、手を入れ始めたら止まらなくなり……結局、ほとんど原形を留めないほど直してしまいました。分量も倍近くに増えてしまいましたが、おかげさまで、納得のいく形で本にすることができました。雑誌で既読の方にも、違いを楽しんでいただければと思います。

Lotus Annex　http://www.k-izumi.jp/iwamoto/
Lotus Annex：岩本 薫公式ブログ

さて今回、主人公のふたりは高校生です。拙著の中でもかなりめずらしいかと思います。学園が舞台の作品はそれこそ初めてかもしれません。そういった意味でも、内容的にも、ややチャレンジな本です。私はすごく楽しかったのですが……皆様はいかがでしょうか？よろしければ感想などお聞かせくださいませ。ドキドキしながらお待ちしております。

挿絵は、幸運なことに宮城とおこ先生にお願いすることができました。ターナーの水彩画のような美しいカラーと、モノクロの繊細なペンタッチにずっと憧れておりましたので、お引き受けいただけて本当に嬉しかったです。いただいたキャララフがあまりに素敵だったので、「表紙もぜひ制服で！」とリクエストしてしまいました。お忙しい中、本当にありがとうございました。

　そして担当様。長いおつきあいですが、個人名義のお仕事は初めてでした。今後とも、どうかよろしくお願い申し上げます。雑誌掲載時にお世話になりました編集様、並びに本著制作にご尽力くださいました関係者の皆様にも心より御礼申し上げます。

　最後になりましたが、読者の皆様。今回もお手に取ってくださいまして、ありがとうございました。

　ＳＨＹさんでは今後もお目にかかる予定です。どうか次の本でもお会いできますように。

岩本　薫

●初出●
「絶体×絶命」(小説b-Boy 2002年6月号/ビブロス刊) 加筆修正
「相思 vs 相愛」書き下ろし

絶体×絶命

SHY NOVELS253

岩本 薫 著

KAORU IWAMOTO

ファンレターの宛先
〒101-0065 東京都千代田区西神田3-3-9大洋ビル3F
(株)大洋図書 SHY NOVELS編集部
「岩本 薫先生」「宮城とおこ先生」係
皆様のお便りをお待ちしております。

初版第一刷2010年10月5日

発行者 山田章博
発行所 株式会社大洋図書
〒101-0065 東京都千代田区西神田3-3-9大洋ビル
電話 03-3263-2424(代表)
〒101-0065 東京都千代田区西神田3-3-9大洋ビル3F
電話 03-3556-1352(編集)
イラスト 宮城とおこ
デザイン Plumage Design Office
カラー印刷 小宮山印刷株式会社
本文印刷 株式会社暁印刷
製本 株式会社暁印刷

ISBN978-4-8130-1221-4

原稿募集

ボーイズラブをテーマにした
オリジナリティのある
小説を募集しています。

【応募資格】
・商業誌未発表の作品を募集しております。
（同人誌不可）

【応募原稿枚数】
・43文字×16行の縦書き原稿150―200枚
（ワープロ原稿可。鉛筆書き不可）

【応募要項】
・応募原稿の一枚目に住所、氏名、年齢、電話番号、ペンネーム、略歴を添付して下さい。それとは別に400-800字以内であらすじを添付下さい。
・原稿は右端をとめ、通し番号を入れて下さい。
・優れた作品は、当社よりノベルスとして発行致します。その際、当社規定の印税をお支払い致します。
・応募原稿は返却いたしません。必要な方はコピーをおとりの上、ご応募下さい。
・採用させていただく方にのみ、原稿到着後3ヶ月以内にご連絡致します。また、応募いただきました原稿について、お電話でのお問い合わせは受け付けておりませんので、あらかじめご了承下さい。

【送り先】

〒101-0065
東京都千代田区西神田
3-3-9 大洋ビル3F
(株)大洋図書
SHYノベルス原稿募集係